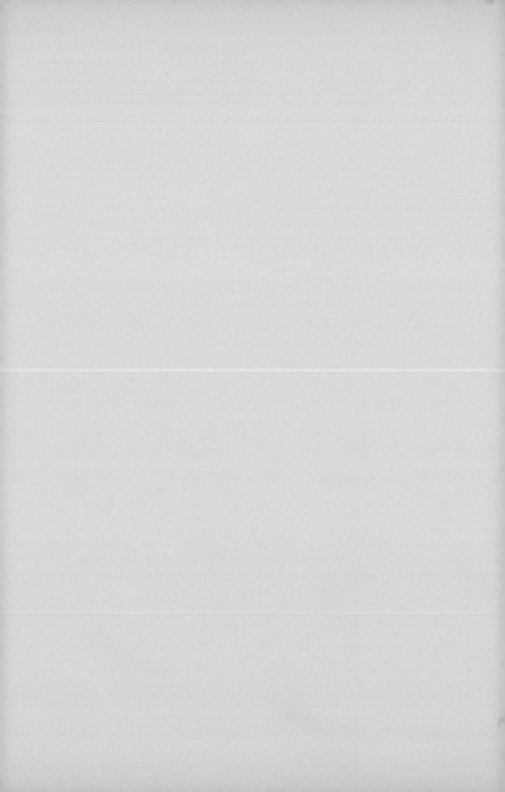

2022 산본중학교
외국어공감학생동아리 수기 3

(글로벌 심층독서반)

김미숙 / 김유준 / 김태연 / 명세진
민주현 / 박서희 / 성연아 / 손주영
장준원 / 전재원 / 정윤지 / 한지민

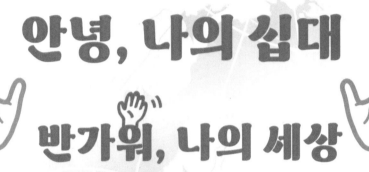

안녕, 나의 십대
반가워, 나의 세상

세상에게 나를 알리는 10대들의 반가운 인사

아직도 변화와 도전을 두려워하시나요?

지금 십대들이 그들만의 스토리를 들려줄 것입니다.

삶을 즐기고, 세상을 향해 두드리는 노크 소리에 귀를 기울여 보세요.

안녕, 나의 십대
반가워, 나의 세상

안녕 나의 십대, 반가워 나의 세상

발   행 | 2023년 2월 28일
저   자 | 김미숙 김유준 김태연 명세진 민주현 박서희
          성연아 손주영 장준원 전재원 정윤지 한지민
디자인 | 배서연
펴낸이 | 한건희
펴낸곳 | 주식회사 부크크
출판사등록 | 2014.07.15.(제2014-16호)
주   소 | 서울특별시 금천구 가산디지털1로 119 SK트윈타워 A동 305호
전   화 | 1670-8316
이메일 | info@bookk.co.kr
가   격 | 16,500원
ISBN | 979-11-410-1789-7

www.bookk.co.kr

안녕, 나의 십대
반가워, 나의 세상

김미숙 / 김유준

김태연 / 명세진

민주현 / 박서희

성연아 / 손주영

장준원 / 전재원

정윤지 / 한지민

공저

부크크

추천의 글

유쓰망고 대표, 김하늬

산본중학교 글로벌 심층독서반 친구들의 3년간의 성장기가 담긴 책이 나왔습니다. 이 책의 저자들은 '독서'만 하는 게 아닌, 책을 매개로 자신의 생각을 확장하고 실제 세상에 대한 관심을 표출할 수 있는 다양한 활동을 했습니다. 처음 시작은 책 한 권이지만, 동시대를 살고 있는 다른 나라 친구들과 같은 주제로 생각을 나누고, 해당 분야의 전문가들을 인터뷰하면서 저자들이 만난 세상은 더 넓어졌습니다.

자신이 좋아하는 것, 관심 있는 것을 찾아 실행에 옮기기를 두려워하지 않는 친구들에게 둘러싸여 있으니 얼마나 신이 나는 중학교 생활을 했을까요? 그게 친구든, 선생님이든, 내가 만나고 싶었던 분야의 어른이든, 내가 보고 경험할 수 있는 다양한 사람들이 분명 좋은 영향을 주었을 겁니다. 이렇게 시원하게 중학교 생활을 나의 언어로 정리하고 떠나보낼 수 있게 되었으니 말이죠. 쿠루트 레빈이라는 심리학자는 다음과 같은 말을 했습니다.

"인간의 삶에서 가장 거대한 변수는 주변 사람, 주변 사람이 무엇을 하고 무엇을 하지 않느냐가 우리 행동에 결정적인 영향을 끼친다."

더 많은 청소년들이 동아리 활동을 넘어선 학교생활 전반에서 '진짜 세상'과 마주하며 충분한 삶의 원동력과 참고점을 얻길 바라며!

김하늬 유쓰망고 대표. <리얼 월드 러닝> 저자. 행동하는 청소년들과 지지하는 어른들의 교육 생태계를 만드는 일을 한다.

생따연구소 소장 김일

안녕, 나의 십대 반가워, 나의 세상
세상에게 나를 알리는 10대들의 반가운 인사

10대들의 이야기를 엮어서 책으로 출간한다는 선생님의 이
야기를 듣고 추천사를 부탁받았을 때 설레임과 감동이 다가왔다.

김미숙 선생님과 만나고 수년간 소통하면서 선생님의 열정과
학생을 사랑하는 마음에 많은 공감을 했다. 지난 10여 년간 대안
학교 교감을 하면서 청소년들의 마음을 가슴에 품은 사람으로서
선생님의 움직임 하나하나가 너무 보배롭다는 생각을 한다.

'누구를 위하여 동아리를 하는가?'라는 물음에서 선생님의
마음이 느껴진다. 아마도 청소년들과 함께하는 모든 교사의 마
음이라고 생각한다. 교사들의 그 마음을 알기에 동아리 활동을
진행한 이야기를 꼼꼼하게 엮어서 소개하고 있다.

1515챌린지를 시작하면서 '자기행동계약서'를 작성하게 함으
로 셀프 동기부여를 통하여 끝까지 지치지 않고 달려갈 수 있
도록 안내하고 마무리까지 관심과 사랑으로 많은 사람에게 선
한 영향을 나누어 주고 있는 모습을 볼 수 있다. 이제는 1515
챌린지가 한 학교에서 끝나는 것이 아니라 전국으로 확산될 것
같은 생각이 든다.

동아리 학생과 매일 아침 15분 낭독독서를 3년간 이어오고 있다. 외국어공감학생동아리를 운영하면서 호주 및 대만과 국제교류를 진행하고 학생들에게 글로벌 마인드를 심어주고 있다.

저자는 이현주 시인의 "바람이 불어도 설레지 않는 나무는 죽은 나무다"라는 이야기를 하면서 "우리는 죽은 나무가 아니다. '설레임'이다. 설레는 마음으로 여기까지 왔다."라는 말에 열정과 사랑이 느껴진다.

코로나로 인하여 비대면이 확대되면서 줌(Zoom)의 활용이 많아졌다. 저자는 이것을 활용하여 동아리 학생들과 더 많이 소통하면서 호주, 대만 등과 국제교류를 이어오고 있다.

학생들이 동아리 활동을 통하여 어떻게 성장했는지에 대하여 마음속 이야기를 솔직히 풀어내 주어서 독자로 하여금 진심을 느낄 수가 있게 하고 있다. 어떻게 하면 학창 시절을 조금 더 유익하고 보람있게 보낼까? 누구나 고민하는 것이다. 이러한 고민을 저자들의 이야기 속에서 들어보고 자신의 것으로 만들면 책을 읽는 독자들도 저자들과 같이 변화와 성장을 맛볼 수 있을 것이다.

이 책에는 중학교 교사가 어떻게 학생들과 동아리 활동을 진행하였는지? 학생들과 어떻게 소통했는지? 동아리 활동을 통하여 학생들은 어떻게 성장했는지? 국제교류를 어떻게 진행하고 이를 통하여 글로벌 마인드를 장착하고 미래를 준비해 가게 하는지 등 저자와 학생 저자가 함께 엮어낸 살아있는 이야기로 구성되어 있다.

이 책은 다음과 같은 사람들에게 매우 유익하리라 생각하며 마음 모아 추천을 한다. 첫째, 동아리 활동을 잘하고 싶은 교사나 리더에게 아주 유용하다. 둘째, 꿈과 비전을 찾고 있는 학생들에게 어떻게 그것을 찾아갈 수 있을지 한 번 더 생각할 수 있는 기회를 줄 것이다. 셋째, 포기하고 싶은 마음이 드는 사람들에게 어떻게 하면 끝까지 마무리할 수 있는지 아이디어를 얻을 수 있을 것이다.

많은 사람이 이 책을 통하여 어떻게 동아리 같은 작은 조직을 활성화할 수 있는지? 이것을 통하여 어떻게 소통하고 성과를 만들어 낼 수 있을지에 대한 인사이트를 많이 얻기를 기대한다.

끝으로 자신들의 경험을 진솔한 이야기로 풀어주어 좋은 책을 엮어준 모든 저자에게 감사한다.

고래학교 교장, 실천교육 교사모임회원, 대구시 소재 중학교
교사 최선경

학생들과 아침 시간을 활용해 15분 온라인 낭독독서를 실천하고 있는 김미숙 선생님 참 대단하시다. 할수 밖에 없는 상황을 만들어서 지속적으로 이어갈 수 있도록 장치를 마련했다고는 하지만 이렇게 3년간 꾸준히 실천하는 한 것은, 그 밑바탕에 학생들에 대한 사랑이 깔려 있지 않으면 불가능하다고 생각한다. 자율동아리를 운영해 본 교사라면 누구나 공감하겠지만 말 그대로 참여가 '자율'인 동아리에서 학생들의 참여도를 이끄는 것은 쉽지 않은 일이다. 자율동아리 학생들과 대만 국제교류를 하고 성장과정을 책으로 엮기까지 얼마나 많은 노고가 있었을지 짐작이 간다. 자율동아리를 이끈 김미숙 선생님과 훌륭한 선생님의 가르침을 따라 자율동아리 활동도 잘 마무리하고 이렇게 멋진 책까지 세상에 내놓은 동아리 학생들에게 박수를 보낸다.

학생들뿐만 아니라, 온라인으로 영어교사와 또 교내 동료 교사들과 독서모임을 이어가고 있는 김미숙 수석 교사가 참 존경스럽다. 이민규 교수님이 〈변화의 시작, 하루 1%〉에서 언급한대로 하루 1프로인 15분을 독서에 투자하면 어떤 변화가 생기는지를 몸소 보여주는 사례라 하겠다. 이 책이 널리 읽혀서 많은 이들에게 영감을 불어넣어 독서하고 그 경험을 나누는 문화가 널리 널리 퍼져나가기를 바란다.

산본중학교 교감 오안균

다변화, 복잡성, 예측 불가성, 빅데이터 등의 키워드에서 알 수 있듯이 미래사회에 대한 기대와 고민이 한창이다. 특히, 학교는 미래사회의 중심 플랫폼으로서 교사들은 분주하고 늘 고민이 많다. '미래사회에서 주도적으로 살아가야 할 아이들을 위해 어떤 교육과정이 설계되고 어떻게 운영되어야 하는가?'에 대해 본질적인 물음과 성찰이 필요하기 때문이다.

학생동아리 활동은 오랜 역사성을 가진 교육과정으로 아무리 강조해도 지나치지 않은 최고의 학생 주도성 활동이다. 스스로 목표를 설정하고 주체적으로 활동하며, 복잡하고 어려운 문제를 팀원들과 함께 해결해 가는 과정에서의 주도성은 지금 인공지능 시대에 요구되는 '인간다움'의 역량 그 자체라고 할 수 있다.

이 책은 분주한 생활 속에서도 시간을 쪼개어 동아리 활동에 참여하며 동료들과 함께 견뎌낸 내면적 성장과 변화에 대한 진솔한 성찰의 소회로이며, 그들만의 빛나는 스토리 텔링이다. 아이들은 단순히 다가올 미래를 준비한 것이라기 보다는 스스로가 뚜벅 뚜벅 미래를 만들어 가고 있었다. 자신를 알고, 세상을 알아가기 위한 도전과 책임의 과정에서 스스로가 찾은 희열과 보람, 돈으로 살 수 없고 겉으로 쉽게 보여지지 않는 '주도성'

이라는 이 시대에 요구되는 동력과 자산을 갖게 되었음에 큰 의미를 부여하고 싶다.

어떠한 변화의 바람에도 의연하게 동료들과 함께 풍차를 만들고 헤쳐 나갈 수 있는 아이들의 주도성을 찾아주고자 아침, 점심 틈새 시간까지 동분서주 노력한 김미숙 선생님의 노고와 우리 산본중학교 학생들의 도전과 성취에 큰 박수를 보낸다.

안산시 소재 동산고등학교 1학년 김종혁

(2020, 2021 동아리회장)

아인슈타인은 "같은 행동을 반복하고 다른 결과를 기대하는 것은 미친 짓이다"라고 말했습니다. 발전을 원하는 사람들은 변화해야만 한다고 이해할 수도 있겠습니다. 많은 사람들이 신년 계획을 세우지만, 작심삼일로 끝나고는 결국 작년, 그리고 재작년과 같은 한 해를 반복하게 됩니다. 변화를 위해 평상시보다 한 발 더 나아갈 힘을 내는 것은 매일매일 반복하다 보면 힘에 부쳐 포기하고 싶어지는 일입니다. 그러나 끈기있게 노력하고 스스로를 변화시켜 계획한 바를 이루는 훌륭한 사람들이 있습니다. 산본중의 글로벌 심층독서반의 선생님과 학생들이 바로 그런 사람들입니다.

저는 글로벌 심층독서반에서 2년을 보내고 안산에 있는 동산고등학교에 진학했습니다. 어느새 1년을 보냈지만, 여전히 글로벌 심층독서반에서의 경험과 기억들은 제 머릿속에 단단히 박혀있습니다. 매일 아침 Zoom을 통해 진행되는 아침독서와 의견 공유, 다른 학교와의 교류와 프로젝트는 제게 변화와 발전의 과정이었습니다. 목표를 세우고 실천하는 것이 말처럼 쉬운 일은 아니였고, 또 여러번 중도 포기하거나 요령피우는 일도 있곤 했습니다. 그러나 이러한 실패들을 반면교사 삼아 고등학교 생활 중의 목표들을 달성할 수 있었습니다. 변화의 과정에서 난관을 마주해도 다시 새롭게 시도할 수 있는 목표의식이 제가 심층독서반에서 배운 교훈이라 할 수 있겠습니다.

저는 학기 중이면 아침에 눈뜨기가 참 힘듭니다. 고등학교에 올라오면서 등교시간이 앞당겨지기도 하였지만, 돌이켜보면 중학교 때도 초등학교 때도, 몇 시에 일어나든 등교 전 아침에 힘들게 느껴지는 건 똑같았던 것 같습니다. 이런 피곤함을 이겨내고 매일 아침 책을 읽는 훌륭한 학생들이 바로 글로벌 심층독서반의 학생들입니다. 매일 아침 15분씩 독서하고 의견을 제시하고 피드백을 나누는 활동을 통해 동아리 학생들은 자신만의 성장을 이루어 나가고 있습니다. 국경을 가리지 않는 타학교와의 교류와 프로젝트 활동은 동아리 활동을 더욱 풍성하게 합니다. 동아리 내에서만 국한되지 않고, 동아리에서 배운 것을 삶으로 확장해나가며 끈기있게 변화와 도전을 계속해나가는 글로벌 심층독서반 학생들을 응원하고 또 본받지 않을 수 없습니다.

발전을 위해 계획을 세우고 실천하는 일은 고된 일입니다. 평소와 다르게 노력을 투입하여 상황을 변화시켜나가는 것은 만만한 일이 아님을 항상 느낍니다. 변화를 위한 노력에는 연료가 필요합니다. 제 변화의 연료는 다른 도전하고 노력하는 사람들입니다. 7시부터 10시까지 매일 공부해서 마침내 성적을 올리는 친구, 발에 굳은 살이 박히도록 스케이트를 타 국가대표를 노리는 친구, 매일 동네를 달리는 이름 모를 아저씨까지 주위를 잘 살펴보면, 어쩌면 당장 옆자리에도 노력하는 사람들을 찾을 수 있습니다. 이들의 노력을 지켜보고 있자면 실천의지가 샘솟고는 합니다. 이 책에 실린 동아리 후배들의 도전과 노력, 변화와 성장의 이야기는 제게 새로운 에너지가 되어주었습니다. 스스로, 또 함께 성장해나가는 십대들의 이야기는 변화를 꿈꾸는 사람들에게는 길잡이가 될 것이고, 성장을 위해 노력하고 있는 사람들에게는 다시 한번 힘을 낼 수 있게하는 비타민이 될 것이라 장담합니다.

안양외국어고등학교 1학년 이지윤

(2020, 2021 동아리부회장)

저는 현재 안양외고에 재학 중이며, '글로벌 심층독서반'에서 2년간 부회장을 맡았던 이지윤입니다. 벌써 고등학생으로서의 1년이 지났는데, 중학교에서 전교 회장을 비롯하여 여러 활동을 했었지만, 이 동아리를 함께했던 순간들은 그중에서도 많이 기억에 남는 것 같습니다. 동아리 선생님이셨던 김미숙 선생님께서 이번에 세 번째 공저책을 출간하게 되셨다고 하셨을 때, 무척 감동스러웠고, 함께 첫 번째 공저책을 썼던 시간들이 주마등처럼 스쳐 지나가는 것 같았습니다. 올해도 책을 출간하게 되신 것을 진심으로 축하드리며, 제가 함께 책을 썼었을 때의 순간, 동아리가 저에게 주었던 수많은 선물 같은 시간들을 여러분과 나눠보고 싶습니다.

동아리 활동을 했을 때, 가장 기억에 남는 것은 '낭독 독서'가 아닐까 싶습니다. 아침에 정해진 시간에 줌으로 모여 책을 읽는 활동을 하였는데, 비록 15분이라는 짧은 시간이지만, '나비효과'를 직접적으로 느낀 것 같습니다. 혼자가 아닌, 동아리 회원들과 함께 정해진 분량을 읽고, 느낀점을 말하면서, 생각을 공유한다는 것이 처음에는 쉽지 않았지만, 꾸준히 실천하다 보니 말하기 능력과 사고능력이 쑥쑥 향상되어간다는 것이 제 스스로 느껴졌기 때문입니다. 이 활동은 제가 외고에 진학하며 다양한 분야의 수행평가를 준비할 때 정말 많은 도움을 받은 것 같습니다. 특히, 원어민 선생님 수업 시간에 겁먹지 않고 자연스럽게 대화하고 사람들 앞에서 긴장하지 않고 준비한 발표를 소화해낼 수 있었던 것 같습니다. 그 덕분에 영어로 PPT 발표하는 수행평가에서 모두 우수한 평가를 받을 수 있었습니다.

두 번째는, 국제교류입니다. 저는 동아리 활동하면서 호주 예비교사 선생님과의 교류만 경험했는데, 여러분께서 쓰신 책 내용을 읽으니 호주뿐만 아니라 대만의 학생들과도 교류를 했다니 너무 부러웠습니다. 이런 경험들이 여러분 모두에게 누구나 가질 수 없는 값진 경험을 선물해주었다고 생각되고, 자부심을 가져도 된다고 말씀드리고 싶습니다. 저는 동아리에서 국제교류를 경험해보고, 더 다양한 교류를 해보고 싶어졌습니다. 교류를 통해 더 넓은 세상을 만나보고 싶었고, 나와 다른 문화 속에서 생활하고 있는 외국인 학생들을 만나보고 싶었기 때문입니다. 이것이 계기가 되어 외고에서 누릴 수 있는 특별한 경험인, 중국 상해 공상 외국어고등학교의 원어민 선생님께 중국어 배우기와 상해 고등학교 중국인 친구들, 일본 리츠메이칸케이쇼 고등학교의 일본인 친구들과 매주 줌으로 만나 학습하고, SNS로 교류와 발표 활동을 하였습니다. 이때, 중국의 선생님, 일본, 중국 학생들과 새로운 경험들을 많이 할 수 있었던 것 같았고, 비록 직접 만날 수는 없지만, 글로벌한 사고능력과 지식을 쌓을 수 있었다고 생각합니다. 여러분도 교류 활동을 할 수 있는 기회가 주어진다면, 놓치지 말고 꼭! 그 기회를 잡으셨으면 좋겠습니다.

세 번째는, '나를 일으키는 힘'입니다. 제가 동아리 활동하면서 가장 크게 느꼈던 것은, 이 동아리가 나에게 정말 큰 도움을 주고 함께하는 존재가 되었다는 생각이 들었다는 것입니다. 그중에서도 아침 일찍 일어나 선생님과 친구들과 함께하는 〈변화의 시작 하루 1%〉등의 자기계발서를 읽으며 하루하루 성장해가기 등 '이지윤'이라는 사람을 1~100%까지 차근차근 '레벨 업(Level Up)' 시켜준다는 것을 직접 느꼈습니다. 후배 여러분도 이 동아리를 통해 저와 같은 느낌을 받으셨다고 생각합니다. 특히, 〈변화의 시작 하루 1%〉에서 주된 내용이었던 '지렛대 15가지'가 지금까지도 기억에 남습니다. 지렛대 15가지는 짧은 단어가 주는 강한 힘이 무엇인지 느끼게 해주는 가뭄에 단비 같은 존재인 것 같습니다. 저는 15가지 중에서도 '자기규정', '인생목표', '파생효과', '백업플랜', '데드라인', '자기격려' 이 6가지를 실천하고 있는 것 같습니다. 학기 중일 때, '자기규정'과 '단기적 인생목표 설정' 그리고 '백업플랜'을 통해 학생으로서의 의무를 최선을 다할 수 있도록 도움을 받았고, 특히, '백업플랜'과 '데드라인'을 통해 폭포수처럼 넘쳐나는 수행평가들을 빠짐없이 모두 저만의 특징을 살려 완성도 높은 결과물을 만들어낼 수 있었습니다. 또한, '자기격려'는 한 학기가 끝나고, 1년이 끝나고,

힘들었던 순간들을 오히려 저를 단단하게 만들어주었던 순간으로 만들어주고, 앞으로 남은 고등학교 생활도 힘차게 나아갈 수 있고, 내적으로 강해질 수 있도록 도와주는 것 같습니다. 저와 같이 여러분들도 짧지만 강한 힘이 무엇인지 직접 느껴보셨으면 좋겠습니다.

마지막으로, 좋은 인연입니다. 동아리 활동을 통해 좋은 선생님을 만나고, 좋은 친구와 후배들을 만날 수 있었던 것 같습니다. 이렇게 끈끈한 연결고리를 가진 동아리에서의 경험들은 고등학교 진학 후에도 결코 빼놓을 수 없는 좋은 밑거름의 역할을 해주었습니다. 중학교에서 동아리 활동하는 지금 순간 동안에는 이 인연이 얼마나 소중한지 느껴지지 않을지도 모르지만, 중학교를 졸업하고 난 후에, 순간순간 동아리 활동했던 기억들이 떠오를 것입니다. 이렇게 좋은 경험과 인연을 선물해준 글로벌 심층독서반 동아리를 여러분께서 자랑스럽게 여기셨으면 좋겠습니다.

선생님, 친구들과 함께 〈변화를 위한 하루 1%의 성장 스토리〉 책을 한 줄씩 적어 내려갔던 날이 엊그제 같은데, 벌써 〈안녕, 나의 십대, 반가워, 나의 세상〉이라는 세 번째 공저책이 나온다는 것이 정말 모두에게 뜻깊은 일인 것 같습니다. 다시 한번 책 출간을 축하드리며, 짧지만 동아리를 향한 저의 깊은 애정과 여러분께 전해드리고 싶은 말을 글로 남길 수 있게 된 것에 감사드리며 마치도록 하겠습니다.

'글로벌 심층독서반' 화이팅!!

프롤로그

때로는 자신이 하고 있는 일을 하다가도 멈춰(Stop)! 하고 생각하는(Think)! 일을 해야 한다. 올해 3년차 동아리 운영을 하면서도 '나는 왜 지금 이 일을 하고 있는가? 누구를 위하여 이 일을 하고 있는가?'라고 생각을 해 볼 여유조차 없이 앞만 보고 달려온 것 같다. 그런데 이렇게 공저 책을 학생들과 함께 쓰게 되면서 다시 생각해볼 수 있는 여유도 가질 수 있게 되었다. 왜 이렇게 힘든 일을 스스로 자처해서 하고 있을까? 라는 질문으로부터 시작해 보자.

나는 왜 지금 이 일을 하고 있는가?

생각해보면 동아리 활동을 그 누가 하라고 하지도 않았는데 스스로 했었던 것이 강원도 강릉으로 첫 발령을 받았던 신규 시절로 거슬러 간다. 9월 중간 발령을 받고 첫 학교에 갔다. 지금으로 말하면 특성화 고등학교였다. 중간에 들어가서 수업을 하는데 기대했던 것보다 학교 현장은 삭막하고 교사의 정성과 노고가 무기력으로도 바뀔 수 있는 환경이었다. 하지만, 다음해 부터는 보통과도 생기고 고등학교 1학년 학생들을 담임으로 맡으면서 학생들과 영어 공부를 하고 싶은 생각이 들었다. 그때 당시에는 Good Morning Pops라는 아침 6시 라디오 방송이 있었다. 1988년 처음 시작되었었던 프로그램이었는데 지금까지도 30년 넘게 진행자는 몇 번 바뀌었지만, 장수 라디오 프로그램으로 이어지고 있는 걸 보면 좋은 프로그램이에는 틀림이 없다.

그때 당시 동아리의 이름은 GMP(Good Morning Pops 줄임말)라고 하면서 소그룹의 동아리 활동을 재미있게 했었다. 그렇지만, 그때 잠깐 했던 자율동아리 형태의 스터디 그룹을 한 이후 잊고 있었다. 그러다가 현재 학교 부임한지 2년차부터 자율동아리를 3년째 하고 있다. 아마도 신규 시절 가졌던 학생들과의 소모임이 현재 자율동아리를 부활시킨 것이다. 이런 풋풋한 마음을 다시금 느끼고 싶어서 동아리를 시작했음에 틀림이 없다.

두 번째, 현재 하고 있는 글로벌 심층독서반이라는 자율동아리는 원하는 학생들이 모였기 때문인지 시작부터 에너지가 다르다. 동기유발이 내적으로 조금이라도 있는 학생들이 참여를 하기때문에 좋은 에너지를 같이 받는다. 학생들의 반짝이는 눈과 행동이 같이 따라오지 않았었더라면 진작에 포기하고 못한다고 했었을 것이다. 그렇지만, 같이 만들어가는 동아리이었기에 3년이 된 지금까지도 학생들과 공저 책을 쓰자는 제안을 하고 같이 이루어내고 있다. 또 학생들이 성장하는 모습을 바라보면서 뿌듯함과 나도 학생들에게 선한 영향력을 줄 수 있는 사람이구나 하는 교사로서의 자존감을 높게 만들어준다.

  세 번째는 개인적으로 책읽는 시간을 확보하고 싶다는 생각에서 출발하였다. 책은 혼자 읽는 것보다 같이 읽고 나눔을 가졌을 때 다가오는 것이 더 많다. 혼자 읽고 생각하면 거기서 끝나지만, 같이 책을 읽고 나눔을 가지면 실천까지 이어지는 나비효과를 경험할 수 있다. 처음에는 책을 읽고 나누고 책에 나오는 내용을 실천해보면서 차근 차근 읽어갔다. 그런데 놀라운 사실은 계속 책을 같이 읽다 보니, 본인 스스로에게도 인생을 담을 수 있는 생각 주머니가 커가고 있었다. 그래서 자신도 모르게 다른 곳에 가서 손을 번쩍 번쩍 들면서 '제가 하겠습니다.' 라는 말이 쉽게 나오는 것이다. 조금 더 대담해졌다고나 할까? 그저 학생들과 책을 읽었을 뿐인데, 행동이 변하고 태도가 달라졌다.

  이런 이유로 동아리를 하고 있지 않을까 하는 생각을 해본다. 나는 왜 이 일을 하는가? 에 대한 이유찾기를 했으니, 이제 서서히 본인과 학생들의 세상과의 반가운 인사를 하면서 챕터를 넘겨가자.

목 차

누구를 위하여 동아리를 하는가?

[교사 김미숙]

저자 : 김미숙
이메일 : kch64@korea.kr
블로그: https://bit.ly/울랄라블로그
유튜브: https://bit.ly/울랄라TV

중학교 학생들에게 영어를 가르치는 교사이며 2023년 새내기 수석교사이다. 교원역량 강화를 위해 자유학년제, 에듀테크, 수업 및 동아리 활동을 통한 학생주도프로젝트, 대만과 호주와의 국제교류를 진행하고 영어그림책에 반한 이후, 영어 그림책 여행을 즐기고 있으며, 생따나비, 해피꿈북클럽, 창인영 미라클모닝 및 기타 여러 독서 모임에 참여하고 있다. 인공지능 융합교육 석사 이후로 인공지능과 교과 융합교육에 대한 수업연구를 하고 있다. 전략 독서 및 강의를 바탕으로 함께 책도 읽고, 강의도 하고 글도 쓰는 트렌드에 맞춰 빠르게 변화하는 시대 흐름에 맞춰 배운 것을 함께 나누고자 하여 울트라러닝 평생학습자(울랄라)인 공격적 학습자의 길을 걷고 있다.

저서 : 백일간의 두드림 날개를 펼치다', '배움이 이끄는 삶', '변화를 위한 하루 1% 성장 스토리', '성장을 촉진하는 페이스메이커(Pace Maker)로 살아가기', '영어그림책으로 세상을 읽다', 'Rape Flower Girl(유채꽃 소녀)', '학교현장 르포 시즌1', '수레바퀴 내 인생', '십대들이 들려주는 변화를 위한 도전', '독서법으로 삶을 리드하라', '영어그림책과 메타버스를 잇다(ITDA)'가 있다.

파부침선(破釜沈船)

중국의 진나라를 치기 위해서 초나라의 항우는 출전하여 배를 가라앉히고, 군사들이 밥을 해 먹던 솥을 깨뜨려서 배고파서 극한 상황이 되게 하여 이러지도 저러지도 못하고 적과 결사항전을 해야 하는 상황을 만들었다. 여기서 유래한 말이 사기에 나오는데 '파부침선(破釜沈船)이라고 한다. 결국 할 수밖에 없는 상황으로 자신을 밀어넣는 행위이다.

필자가 동아리를 시작하고 지속적으로 할 수밖에 없는 상황을 만든 것이 바로 파부침선(破釜沈船)이라는 심리전을 이용한 것이다. 스스로 정하면 하다가 흐지부지 될 수도 있었을 텐데 학생들과 함께한다는 장치를 마련해 두고 시작하면 동아리 담당교사로서 책임감을 가지고 이어갈 수 있도록 한 것이다.

그래서 요즘에는 아침 시간 7시 50분이면 줌(Zoom)이라는 대문을 열어준다. 아침 시간 15분 온라인 낭독 독서를 실천하기 위해서 먼저 아침에 대문을 열어줘야 하고, 영어책 The Giver(Lois Lowry)라는 책을 읽을 때도 미리 3페이지씩 읽어간다. 왜냐하면 하루 3페이지씩 읽어가는데 미리 읽어야 읽고 난 뒤의 comment를 이어갈 수 있기 때문이다. 할 수밖에 없는 상황을 만들어서 그것이 지속해서 이어갈 수 있도록 하는 것 이것이야말로 자신이 목표한 영어책 읽기, 꾸준한 독서라는 목표를 달성할 수 있는 것이다.

학생들에게도 아침에 독서를 하면서 어떤 도움을 가장 받았는지 종종 물어본다. 대부분 학생들은 '독서 습관 잡'라는 말을 하곤 한다. 초등학교때는 책을 많이 읽었지만, 중학교에 올라오면서 평가도 생기고 할 일도 많아지다 보니 따로 시간 내어서 읽을 시간이 없다는 것이다. 나 역시 마찬가지이다. 따로 시간을 내어서 책을 많이 읽지 못하다 보니, 이런 가두리 기법을 활용해서 책을 읽어가는 것을 매일 해 나간다면 일 년에 몇 권을 읽어가리라는 생각을 가지게 되었다.

동아리 활동을 할 때 뿐 만이 아니다. 개인적으로는 책을 읽고 글을 쓰는 습관을 가지고자 하는 방법으로 사용하는 파부침선이 또 있다. 책을 읽을 때 대상이 학생이든, 교사든, 일반인이든 독서 모임에 가입하거나 만들어서 그 안에서 할 수밖에 없도록 한다. 그래서 아침시간에는 창인영(창의인성영어수업디자인연구회)이라는 연구회에서 미라클 모닝이라는 소모임으로 영어 원서책과 영어 그림책들을 읽는다. 또 교내 선생님들과는 교사 낭독 소모임을 만들어 일주일에 한 번이라도 15분 독서를 하자고 해서 독서 나눔을 하고 있다. 일요일 저녁시간은 1시간 낭독독서로 독서습관을 이어간다. '독서습관 잡기'라는 목표를 세우고 그것을 자신의 의지로 해결하려고 하지 않고, 독서 모임이라는 틀에 자신을 밀어넣어서 목표를 달성하도록 하는 가두리 기법을 활용한다.

동아리 학생들과는 아침 낭독 시간을 활용해서 '15일의 기적'
이라는 책을 읽어갔다. 아침 시간이 짧아서 후다닥 읽고 잠깐의
나눔을 가졌지만, 그래도 하는 것이 하지 않는 것보다는 훨씬
효과는 있다. 아침 낭독을 하면서 학생들이 이 책을 읽으면서
자신만의 다짐, 의견들을 말하도록 하였었다. 동아리 친구들과
함께 이야기한 것을 공유해본다.

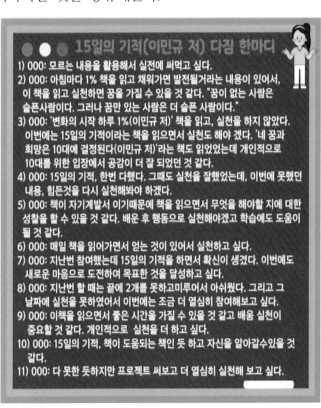

[그림 1] 15일의 기적(이민규 저) 다짐 한마디

같은 책으로 1515챌린지를 1기에서 3기까지 운영하였다. 학생, 교사, 학부모 대상으로 해서 '15일의 기적(이민규)'이라는 책으로 15일간 패들렛에 인증하는 활동을 하는 것이다. 책에 15가지 지렛대가 나오는데 1가지에 해당하는 것은 2페이지 정도의 내용과 영상이 있다. 하루 15분이면 충분하게 영상을 보고 책을 읽은 뒤 패들렛에 인증하는 것이다. 스스로를 할 수밖에 없도록 하기 위해서 1515챌린지 자기 행동계약서을 썼었다. 만일 당일 12시까지 지키지 않으면 스스로에게 벌칙을 주는 것이다. 이것도 반드시 그날 안으로 실천할 수 있도록 하는 장치를 만드는 것이다.

[그림 2] 1515챌린지 자기행동계약서

자신이 뭔가 하고 싶은 목표가 있다면 그것을 할 수 밖에 없도록 배수로를 차단하는 역할을 해서 목표를 이뤄보자. 동아리 활동을 하면서 상황을 만들고 그 안에서 해나갈 수 있도록 하는 파부침선이라는 전략이 2022년도 글로벌 심층독서반을 이끌어 갈 수 있는 힘이 되어 주었다.

추억의 소환

3년째 낭독을 고집하는 이유는 무엇일까? 독서의 방법에는 묵독, 정독, 속독, 음독 등이 있다. 하지만, 그 중에도 같이 독서 모임을 할 때는 낭독을 많이 선호한다. 왜 그럴까?

실패의 경험 때문이다. 과거에 독서 모임에 있을 때 정해진 분량만큼 미리 읽고 와서 독서 나눔을 하자고 하였다. 잘 되었을까?

물론 아니다. 처음에는 읽어간다. 하지만, 중간에 가서는 늘 읽지 않고 미안한 마음을 한가득 안고 독서 모임으로 간다. 그러면 이해도 잘 안되고 마음도 편하지 않다. 그래서 미리 읽고 오는 독서는 필자가 가장 피하는 독서 모임 중 하나이다.

또 다른 예를 들어본다. 각자 책을 정해진 시간에 읽고 독서 나눔을 한다. 그런데 이 부분에서는 각자마다 읽는 속도가 다르다. 그래서 나눔을 할 때에도 놓치고 가거나 이해가 안되는 부분도 많이 생긴다.

따라서 현재 동아리에서 학생들과 15분 온라인 낭독하는 형태를 가장 선호하는 방법으로 가지고 갔다. 이것도 히스토리가 있다. 혁신학교 근무시절 어느 한 선생님께서 부담없이 책만 가지고 오면 된다는 말씀을 하시고 독서에 대한 부담을 전혀

주시지 않았다. 책만 들고 그 자리에 있기만 하면 됐다. 그냥 그 자리에서 한 사람씩 돌아가면서 책을 읽고 나눔을 가지는 것이었다. 그래서 그때 낭독 독서를 제대로 맛보게 되었다.

우리 동아리도 처음에는 미리 예습복습 하지 않고 그 자리에 그냥 참석만 하는 형태로 해서 낭독독서를 하기 시작했었다. 하지만, 영어원서는 그렇게 하기가 조금 힘들긴 했다. 왜냐하면 내용을 미리 담당하는 학생이 준비해와야 그날 그날 읽는 것이 무리없이 넘어갈 수 있다. 그래서 순서를 짜고 진행자를 설정하는 형태의 방식으로 이어갔다. 이렇게 낭독으로 책을 꾸준하게 이어온 것이 올해로 3년이다.

그러면, 낭독으로 책을 읽는 것의 장점을 열거해보자.

첫째, 부담이 없다는 것이다. 한 사람씩 한 페이지씩 읽어간다. 읽을 때 목소리를 내서 읽고 듣는 사람은 순간 다른 사람이 낭독을 해주기 때문에 들으면서 보면서 책을 즐길 수 있다.

둘째, 독서하는 시간을 따로 내지 않아도 읽어갈 수 있다. 단, 빠지지만 않으면 말이다. 빠지지 않고 지속적으로 글을 함께 읽어갈 수 있는 시간을 확보할 수 있다.

셋째, 소리내어 읽기 때문에 아침 시간 집중력을 더 발휘할 수 있다. 소리내어 읽다 보니, 소리를 듣고 책을 같이 따라가야 하므로 오감 활용에 더 좋다. 몸의 오감을 활용하면 집중력을 더 잘 발휘할 수 있다는 장점이 있다.

장점을 세 가지로 열거했지만, 이 밖에도 큰소리로 책을 같이 읽어가는 것에 대한 장점들은 덧붙여 말할 수 있을 것이다. 지금까지 낭독으로만 읽은 책들을 소개해보겠다.

처음 읽었던 책이 '변화의 시작 하루 1%'였다. 하루에 15분 온라인 낭독 도서를 거의 매일 하다 싶이 했다. 그러다보니, 처음에는 언제 읽어갈까 하고 생각했던 것이 책의 끝이 보이기 시작했다. 책을 처음부터 끝까지 소리내어 돌아가면서 읽는 즐거움은 책을 한권 다 읽었을 때 주는 뿌듯함에서 그 의미가 더 커진다. 자기 개발서의 책이어서 2번 정도를 반복적으로 읽었었다.

그다음 읽었던 책은 뉴욕인문융합 여행(이서연 저)이라는 책이다. 이 책은 청소년들이 미래를 바라보고 뉴욕이라는 도시에 있는 융·복합적 종합예술의 모습을 대비시켜서 볼 수 있어 좋았다. 책이 두껍긴 했지만, 함께 낭독으로 매일 읽어가다 보니 어느새 끝이 보였다. 낭독으로 독서를 하지만, 책을 읽고 난 다음에는 늘 느낀 점을 공유하는 시간을 가졌다. 그래서 매일 같이 읽고 나누는 일을 반복적으로 하였다. 이렇게 낭독 독서를 하다 보니 어느새 한 권 한 권 책을 읽는 권수가 쌓여갔다.

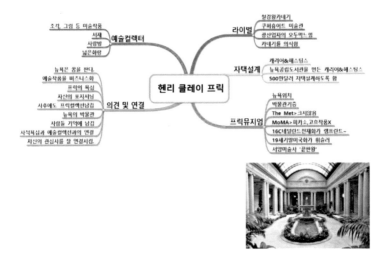

[그림 3] 뉴욕인문융합여행 책을 읽고 정리한 것

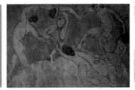

마티스 부인조차 좋아하지 않았다는 마티스 부인의 초상화

[그림 4] 뉴욕인문융합여행 책을 읽고 나눔 가지기

[그림 5] 뉴욕인문융합여행 책을 읽고 나눔 가지기

낭독독서를 하기 전에 한 챕터씩 맡아서 녹음하는 활동도 했었다. 미리 맡은 부분의 책을 읽어가고 한 장씩 맡아서 책을 낭독해서 녹음하는 활동도 했었다. 이렇게 다양한 활동을 다시 거슬러 올라가니, 글을 쓰면서 과거로의 추억여행을 다시 하는 것 같다. 이렇게 시작했던 것이 2020년도의 일이다. 낭독 독서의 역사에 대한 3년간의 발자취를 따라서 거슬러 올라간다. 그러다 보니 지금 우리는 왜 낭독 독서를 하는가에 대한 답을 벌써 찾은 듯 하다. 매일의 꾸준한 낭독독서가 이루어낸 결과이다.

뉴욕인문융합여행 낭독음원순서

국제문화연구반 : The BFG
낭독

'나도성우' 릴레이 낭독 '뉴욕인문융합여행'

The Witching hour).m4a
Who).m4a
The Snatch).m4a
he Cave).m4a
e BFG.wma
he Giants).m4a
he Marvellous Ears).m4a
nozzcumbers).m4a
(The Bloodbottler).m4a
(The Bloodbottler).m4a
.m4a
.m4a
(2).m4a
(3).m4a
(4).m4a
.m4a
.3gp
.m4a
.m4a
.m4a
(1).m4a
(2).m4a
.m4a
.m4a
_20201126_103838179.mp4
_20201209_090349773.jpg
_20201209_090349773_01.j...
_20201224_085129756.jpg
FG.wma
he BFG.wma

1. The Witching Hour(김미숙)
2. Who
3. The Snatch
4. The Cave(
5. The BFG
6. The Giants
7. The Marvellous Ear
8. Snozzcumbers)
9. The Bloodbottle)
10. Frobscottle and Whizzpoppers
11. Journey to Dream Country(
12. Dream-Catching(
13. A Trogglehumper for the
Fleshlumpeater
14. Dreams
16. The Great Plan(
17. Mixing the Dream
18. Journey to London
19. The Palace
20. The Queer
21. The Royal Breakfast)
22. The Plan(나두번)
23. Capture(
24. Feeding Time(
25. The Author(

1 .10-p.37)
2).38-p.65)
3).66-p.93)
4).94-p.119)
5).120-147)
6).148-p.173)
7 .174-207)
8).208-p.239)
9 .240-p.269)
1 (p.270-p.303)
1).304-p.335)
1 p.336-p.359)
1 (p.340-p.389)
1 p.390-p.427)
1 (p.428-p.451)

[그림 6] 2020년 The BFG(Roald Dahl 저) 및 뉴욕인문융합여행(이서연 저)
미리 한 챕터씩 낭독하기

[그림 7] 2021년 '네 꿈과 행복은 10대에 결정된다(이민규 제)' 낭독하기 전
목차로 의견 나누기

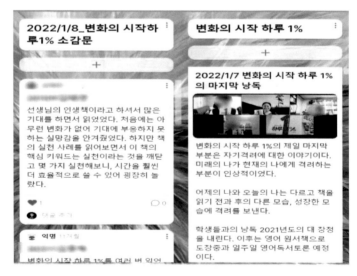

[그림 8] 변화의 시작 하루 1% 낭독 후 의견 나눔

지치지 않는 힘!

　'3년차 자율동아리를 하면서 한 번도 지친 적이 없다' 라고 말한다면 그것은 진실이 아니다. 왜 힘들지 않았을까? 하지만, 지칠 때마다 다시 일어나게 하는 힘들이 여러 가지가 있다. 이민규 교수님의 '지치지 않는 힘'이라는 책에 나오는 말을 인용해 보겠다.

　좋아하는 일을 해야 성공한다. 하고 싶은 일을 해야 행복하다는 생각을 하면서 지금 하는 일이 재미가 없으니까 좋아하는 일을 찾고 싶다는 사람이 많습니다. 하지만, 그런 꽃길 걷기는 환상입니다. 모두 좋아하는 일의 이면에는 힘들고, 무미건조하고, 지겨운 과정이 숨어 있습니다. 그래서 하기 싫은 일, 힘든 일을 좋아하는 일로 만들지 못하면 절대로 하고 싶은 일을 제대로 할 수 없습니다.
　　　　　　　　　　　　-지치지 않는 힘, 이민규 저, p.180

　꽃길에 대한 환상을 가지고만 일을 하다 보면 지치게 된다. 그래서 필자가 동아리 활동을 하면서 생각한 가장 큰 것은 '절대, 무리하지 말자. 즐거운 마음으로 하자. 안되면 안되는 대로, 잘되면 잘되는 대로. 지금도 충분히 잘 하고 있고, 같이 참여하며 만들어가는 학생들을 바라보자.' 이런 마음을 스스로에게 주문하듯이 하였다. 그때 그때마다 영감도 있었고, 학생들로부터 듣는 피드백도 참고로 하여 동아리 활동을 이어갔다. 하지만, 가장 중요한 것은 선장이 방향키를 잡고 있으니, 중심을 잃지 말자. 가끔은 지쳐서 쓰러지고 넘어질 때도 있지만, 그럴 때 마다 '지치면 쉬었다 가면 된다'라는 마음은 늘 가지고 있었다.

인생은 실패할 때 끝나는 것이 아니라, 포기할 때 끝나는 것이다라는 것이 15일의 기적 '돌발 상황을 예상하고 플랜-B를 마련하라!'편의 동영상에 나와 있다. 지치지 않는 힘을 발휘하려면 일단은 포기하지 말아야 한다. 포기하지 않으면 앞으로 갈 수 있다. 따라서 '지치지 않으면 끝까지 갈 수 있다는 정신으로 힘내보자' 라는 마음이 늘 간절하게 있었다.

올해 초 대만과의 국제교류를 하기로 하고 시작했을 때인 4월초에는 동아리 친구들이 많이 참여하였다. 결국 최종 발표회를 가지는 6월 20일에 실제 프로젝트 준비를 해서 발표회에 참여한 학생 수는 대폭 줄어 있었다. 시간이 갈수록 한 두명씩 빠지게 되고 프로젝트를 담당하는 팀장들은 나오지 않고 참여하지 않는 팀원들이 있게 되자, 서서히 지쳐가는 모습을 보았다.

이 때 동아리 담당하는 교사는 무슨 역할을 해야 할까? 실은 많은 고민이 있었다. 그렇지만, 지금껏 해오는 학생들에게 '너희가 더 해야 해'라는 중압감과 책임감 부여를 더 하고 싶지는 않았다. 충분히 자신의 자리에서 열심히 해온 영웅이란 생각을 했다. 그래서 참여하지 못하는 아이들 몇명을 연락해서 미리 녹음해 줄 것을 부탁했었다. 다행이도 발표회 참석은 못하지만, 미리 녹음한 것을 들려주는 방식으로 발표회 진행에 도움이 될 수 있도록 했다. 실제 팀장들에게는 혼자보다는 둘이, 둘보다는 여럿이 다 참여해주는 것이 가장 힘이 되었겠지만, 이런 식으로라도 이어 갈 수 있도록 힘을 더해 주었다. 그때 만약 교사인 나조차도 같이 지쳐서 그만 두었더라면 어떠했을까? 한사람이 지치면 옆에서 지쳐있는 친구에게 비타민을 줄 수 있는 힘이 필요하다. 한 사람이 지치면 다른 사람이 그 자리를 이어가도록 해주는 버티는 힘이 필요하다.

아마도 동아리 활동을 3년간 지내오고 올해 공저 책 쓰기 3권에 도전할 수 있는 힘은 서로가 서로에게 힘을 더해주는 역할을 해주었기 때문이란 생각이 든다. 월요일에서 목요일까지 온라인으로 금요일에는 오프라인으로 진행하는데, 특히 금요일만 되면 에너지 고갈현상도 있어서 인지 늦을 때가 몇 번 있었다. 그런데 그때마다 동아리실 앞에서 기다리고 있을 학생들 생각이 났다. 또 실제로 늦었을 때 동아리 문 닫혀있어요. 라고 전화나 문자메시지를 보내주는 동아리 학생도 있었다. 그들의 작은 메아리들이 나를 지치지 않게 버텨주게 하는 힘이 되어 주었다.

버티지 않고 꾸준하게 할 수 있는 힘은 함께하는 공동체 의식이다. 혼자 하게 되면 쉽게 포기해서 그만 둘 수 있다. 하지만, 같이 하면 그에 따른 책임감도 부여되고, 안되면 서로가 으쌰으쌰해서 힘을 더해주기도 한다. 이번 공저 책 쓰기에 도전하는 학생들에게도 지치지 않는 힘이 되어주고 싶다. 중학교 학생들이 자신의 생각을 펼쳐서 글을 쓰고 그것을 책으로까지 만든다는 도전은 처음에는 쉽게 다가올 수 있다. 하지만, 조금씩 포기하지 않고 지치지 않으면 책을 쓸수 있다. 이 글을 쓰면서도 같이 하는 10명의 학생들이 눈에 아른거린다. 어떤 내용으로 써야 할까 막막해 할 수도 있다는 생각을 하면서 문자로 응원과 격려의 메시지를 보냈다. '그럼에도 불구하고'라는 반전 정신, 지치지만 지치지 않을 거라는 믿음으로 역행하는 생각을 가져서 끝까지 가도록 하자고 다시 마음을 다져본다. 죽은 나무는 설레지 않는다는 내용의 이현주 시인의 시를 인용해 본다.

죽은 나무

죽어 뼈만 남은 고사목
칼처럼 우뚝 서서
바람이 불어도 흔들리지 않는다.
그렇다.
바람이 불어도 설레지 않는
나무는
죽은 나무다.

-이현주 시인-

올해 자율동아리 활동을 하면서 학생들과의 만남, 온라인 낭독 독서, 대만과 호주와의 국제교류, NGO 직원들과의 온라인 인터뷰, 지역연합 영어원서 독서 토론, 유엔평화기념관 온라인 교육, 모의 유엔총회, 마을 깊이 알기 공모전, 공저 책 쓰기 등 많은 일을 하였다. 이 활동을 하면서 나는 '죽은 나무가 아니다'라는 결론을 내리게 된다. 근거는 '설레임'이다. 바람이 불어도, 역경이 다가와도 지치지 않게한 힘은 설레임 때문이다. 해야 할 일들을 귀찮은 것으로 여기기 보다는 반가워하고 설레이는 마음으로 대한 것이기에 여기까지 오지 않았을까 한다. 우리 안에 있는 두려움과 어두운 그림자를 걷어내고 지치지 않는 힘으로 오늘도 뚜벅뚜벅 꼬물꼬물 움직여보길 바란다.

줌으로 세상을 연결하라

줌(ZOOM)으로 세상을 연결해서 세상 밖으로 시선을 돌릴수 있게되었다. 하반기인 9월 호주 학생들과의 만남은 단 한 번이었지만, 임팩트가 컸다. 사전에 패들렛으로 연결해서 자기소개를 간단히 했었고, 이후 줌(ZOOM) 속에서 간단한 인사를 하고 소그룹으로 들어갔다. 3개의 소그룹으로 편성되어서 한국 학생과 호주 학생들이 각자 자신 소개를 했다. 처음에는 한글로 소개했는데 우리 학생들에게는 천천히 말하도록 지시하였다.

호주 학생들은 한국어를 처음 배우는 학생들이고 이제 간단한 알파벳을 떼고 한국어 기초를 조금씩 배워가는 학생들이라고 했다. 그래서 우리 학생들도 그에 따라서 천천히 또박또박 발음을 해서 외국인에게 우리 한국어를 가르친다는 느낌으로 자신을 한국어로 소개하라고 했다. 보통은 영어를 배울 때 그렇게 하는데 입장이 바뀌어 한국어를 호주 친구들에게 소개하는 것도 하나의 학습이란 생각이 들었다.

이후 호주와 한국의 학교 생활에 대한 이야기를 영어로 해가면서 우리 한국 친구들은 영어를 모국어로 하는 환경에 노출되어서 영어 말하기를 할 수 있었다. 단 한 번의 만남으로 아쉬움이 있었지만, 몇몇 학생들로부터 그때 만난 호주 학생이랑 펜팔도 하고 서로 연락의 끈을 이어가고 있다는 말을 들었다. 세상 밖으로 연결 지어주는 줌(ZOOM) 덕분이다.

필자는 특히, 대만과의 국제교류를 통해서 IEW(International Education Window)라는 단체를 알게 되었다. 두 번의 대만과의 동아리 발표회를 할 때 마다, IEW에 초대장을 보내드렸다. 반갑게 맞이해주시고 우리가 하는 대만 국제교류를 적극적으로 칭찬해주시고, 대표 인사말도 해주셨다.

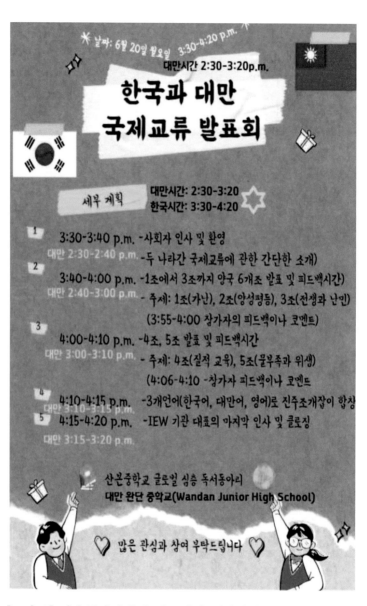

[그림 9] 자율동아리에서 한 1학기 대만과의 국제교류 팸플릿

[그림 10] 창체 동아리에서 한 2학기 대만과의 국제교류 팸플릿

첫 번째 교류는 자율 동아리에서 이루어진 내용으로 '십대들이 들려주는 변화를 위한 도전'에서 충분히 이야기를 많이 했었다. 이번에는 창의적 체험활동에서 국제교류반 학생들과 함께 참여한 국제교류에 대한 이야기를 잠깐 소개하겠다.

이번 국제교류는 세 개의 그룹으로 나누어서 각 그룹당 영어 그림책을 선정하도록 하였다. 3개 조의 영어 그림책에 대한 목록은 다음과 같다.

	1조	2조	3조
한국 학생 추천	Baby Loves Green Energy (Ruth Spiro)	Poo Cake (Lee, Choon-hee)	When Spring Comes to the DMZ (UK-Bae Lee)
대만 학생 추천	Rainbow Fish (Marcus Pfister)	Justice Is... (Preet Bharara)	Moon Festival (Ching Yeung Russell)

각 학생들이 소그룹에서 각각의 영어 그림책을 낭독하면서 읽어갔다. 그런 후, 스토리를 재구성하였다. 원래 의도는 두 학교가 하나의 스토리텔링을 만드는 것이었는데 시간이 부족해서 같이 할 수 있는 시간이 없었다. 그래서 대안으로 생각한 것이 각 학교에서 두권의 책을 융합해서 스토리 텔링을 각각 한국, 대만에서 만들고 실제 목소리 연기를 할 때에는 섞어서 발표하도록 하였다.

충분한 시간을 두고한 연습은 아니었지만, 시도는 좋았

다. 두 국가가 멀리 떨어져 있지만, 줌으로 연결해서 우리나라 밖 세상 사람과 연결되는 것이 다 줌이라는 플랫폼 덕택이라는 생각을 가졌다. 학생들이 만든 작품을 감상할 수 있도록 작품 QR코드로 대신한다. 영상을 간단히 볼수 있으므로 두 국가의 학생들이 만든 작품을 여유있게 감상해보길 권한다.

의미있는 활동으로 학생들과 함께 만들어가는 동아리 활동에서 참된 보람을 느낀다. 세상과 연결하는 다양한 방식들 가운데 오프라인으로 못 만나는 사람들을 온라인 속에서 서로 만나고 교류하는 활동을 통해서 세상을 바라보는 안목을 넓힐 수 있다. 책을 읽는 여러분도 온·오프라인을 통해서 세상과 소통하기를 바라며 글을 마친다.

중학교, 이젠 안녕

[김유준]

저자 : 김유준

3년 동안 경기도교육청 소속 외국어공감동아리인 글로벌 심
층독서반이라는 자율동아리에 참여하였다. 동아리를 통해 많
은 일들과 부딪히며 삶에 변화를 느꼈다. 동아리에 참여하
면서 많은 변화와 성장을 겪으면서 고등학교 진학을 앞두
고 있다.

저서 : 변화를 위한 하루 1% 성장 스토리(2021)
        십대들이 들려주는 변화를 위한 도전(2022)

이젠, 나도 중학생

　나는 초등학교를 모두 거치고 드디어 중학생이 되었다. 솔직히 감회가 새로웠지만 중학교가 무서웠고 계속 초등학생으로 지내고 싶었다. 하지만 시간이 흘렀기에 난 어쩔 수 없이 가야만 했다. 나는 친한 친구들과도 많이 떨어져 잘할 수 있을지가 의문이었다. 솔직히 초등학교까지 내가 말하기엔 조금 어색하지만 나름 모범생으로 잘 지내고 있었다. 학교에선 별다른 트러블도 없고 따로 공부를 하지 않다고도 말할 수 없었다.

　독서 활동도 꾸준히 해왔으며 토론도 자주 해가며 지식을 늘려 왔었기 때문이다. 하지만 중학교에 들어가면 이런 것들 말고 진짜 공부인 수학, 과학, 영어 같은 과목들이 부담으로 다가왔다. 이러한 걱정거리들을 머리에 가득 담은 채로 나는 배정된 중학교인 산본중학교에 처음 가보게 되었다. 그러나 내가 걱정한 것들을 생각할 틈이 없이 코로나바이러스가 전국적으로 확산되어버렸다.

　그래서 모든 수업들이 화상채팅 줌(ZOOM)으로 전환되었다. 이런 상황이 되기 전에 난 중학교 생활은 공부를 열심히 하며 친구들끼리 모여서 수다도 떨고 노는 것으로 생각했었다.

그러나 내가 그리던 학교생활은 물거품이 된 채 집에서만 지내게 되었다. 그러던 중 나는 나의 중학교 생활을 책임지고 앞장서게 될 하나의 설문 신청 사이트를 클릭하게 되었다. 그것은 바로 지금 내가 속해있는 심층독서반(처음 동아리 명칭, 추후 글로벌 심층독서반으로 이름 변경됨.) 홍보영상과 함께한 자율동아리 홍보 링크였다.

중학생이 되면서 나의 삶을 송두리째 움직일 정도로 큰 힘을 준 시작점이 바로 그 '클릭'이었다. 그 시작점이 현재 중3이 된 나에게 많은 성장을 가져다주었다. 시작된 점들이 모여서 덩어리를 만들고, 그 덩어리가 이제는 하나의 모양을 형성해가면서 중학교 생활을 마무리해야 하는 단계가 왔다. 주마등처럼 펼쳐지는 이야기들이 많이 있다. 이제부터는 내가 만난 나의 동아리를 소개해보겠다.

내가 경험한 자율동아리

나는 변함없이 휴대폰을 만지작거리고 있었다. 그러던 중 어머니가 나를 부르시더니 심층독서반이라는 동아리에 들어가라고 권유하셨다. 솔직히 초등학교때부터 이런 독서프로그램은 좀 많이 했다 싶어서 하고 싶진 않았지만 우리 학교에 마땅히 관심있는 동아리도 없었기에 별 생각없이 가입하게 되었다. 나는 처음에 책을 빠르게 읽고 다 같이 모여서 토론하는 그런 평범한 독서 동아리인 줄 알았다.

그러나 나의 생각과는 조금 차이가 있었다. 그 반대였다. 책을 천천히 읽어 나가면서 빠르게 읽을 때에는 얻지 못하는 디테일한 내용들까지도 알아가는 것이었다. 이 동아리는 아침 시간 15분을 투자하여 읽는 동아리인데 그 시간 안에 읽고 모든 사람이 읽은 부분에 대해 느낀 것들을 이야기하는 시간도 물론 있었다. 나한테는 어쩌면 이 시간이 가장 중요했고 나의 삶을 바꿔 놓은 중요한 것 중 하나라고도 이야기할 수 있을 것 같다.

나는 항상 책을 읽을 때 나만의 생각을 알고 다른 사람은 어떻게 느끼는지 전혀 생각도 안해 보았고 들어본 적도 없다. 하지만 심층독서반에 가입한 뒤로 다른 사람의 시선과 나의 시선이 완벽하게 일치하지 않고 다르다는 것을 확실하게 인지할 수 있었다. 그러나 이러한 시간이 왜 삶을 바꾼 중요한 시간이냐고 물어볼 수도 있다. 그 대답은 무슨 책을 읽나에 따라 달라질 것이라고 생각한다.

우리 동아리, 심층독서반에서 처음 읽은 책은 '변화의 시작 하루 1%'이다. 이 책이 날 가장 성장하고 달라지게 만들었다고 생각한다. 이것을 확고하게 느낄 수 있었던 것은 읽기 전과 읽은 뒤의 나의 삶을 비교하고 보니까 알게 되었다. 읽기 전의 나는 정말 말 그대로 베짱이 수준으로 게을렀다. 아침에도 늦게 일어나고 자투리 시간도 활용하지 않고 시간을 낭비했기 때문이다. 하지만 읽은 뒤의 나는 자투리 시간을 정말 잘 활용하며 그동안 쓰지 않았던 플래너를 집어 들어 계획이라도 하면서 살았기 때문에 많이 달라졌다고 느낀다.

심층독서반에서 저 책에게만 영향을 받았겠는가? 그 정도 이유로는 지금 이 자리에도 올 수 없었고 이 책도 쓰려고 시도조차 안 했을 것이다. 심층독서반 자체의 시스템이 나에게는 꼭 필요하기 때문에 지금까지 올 수 있었던 것 같다. 심층독서반에서는 책을 빠르게 읽지 않는다. 슬로우 리딩(Slow Reading)의 효과를 이용하여 읽기 때문에 하루에 3, 4페이지씩밖에 읽지 않는다.

그러나 읽고 난 뒤에 하는 활동이 정말 인상적이다. 수업에 참여한 학생들이 각자 오늘 읽은 부분들에 대해서 자신의 생각을 말하는 것이다. 이때 선후배들끼리 솔직하게 생각을 털어놓고 공유하는 것이 생각의 폭도 넓혀주어서 심층독서반에 끝까지 남아 있을 수 있게 되었다.

또한, 심층독서반의 가장 큰 장점이라 하면 여러 나라들과 국제교류와 같은 커다란 프로젝트를 하는 것이다. 예를 들어, 호주 예비교사와 함께 하는 성장 나눔 발표회도 있었고 대만 국제교류도 있었다. 나는 대만 국제교류는 나의 스케줄에 맞추기가 너무 힘들어서 아쉽게도 참여하진 못하였다. 호주 예비교사와 하는 교류가 2번 정도 있었지만, 첫 번째는 참여할 수 있었지만 학교가 끝난 직후 학원이 잡혀 있는 바람에 두 번째 교류는 참여가 불가능하게 되었다.

그래도 호주 예비교사와 함께하는 성장 나눔 발표회 프로젝트를 준비하는 과정 속에서 내 속마음에 있는 진심을 파악할 수 있게 되었다. 내가 이 프로젝트에 참여할 때 나는 어느덧 중학교 2학년이 되어 있었다. 그래서 프로젝트를 작업할 때 나도 모르게 선배인 3학년 형에게 의존하고 있었다.

이때 했던 발표 얘기를 잠시 꺼내 보자면, 선생님이 대뜸 호주 예비교사를 연결시켜 줄 테니 각자 세계적 이슈를 가지고 큰 발표회를 구성해보자고 말씀하셨다. 그래서 나는 우리의 조에서 최선을 다하려고 노력했다. 때마침 발표 주제가 난민이었다. 나는 평소에 뉴스는 보지 않아도 인터넷 기사로 난민을 되게 많이 보아서 자신 있었다. 그런데 막상 할 말이 없는 것이다. 나도 깜짝 놀랐다. '내가 이 정도라고?'라는 생각이 들 정도였다.

그래서 그런지 내가 3학년 형에게 더 의존하게 되었을지도 모른다. 평소의 나는 작심삼일로 살아가는 타입이라 처음에는 열정적으로 하려고 했으나 결국엔 나는 내가 우리의 조에서 해야 할 것을 하고 있지 않았다. 하지만 학교에서 사용하는 동아리 시간에도 선생님은 이 프로젝트를 실행하였다.

처음에는 솔직히 한 것이 아무것도 없어서 얼굴도 들기 민망했다. 그때 당시를 떠올려보면 3학년인 선배 형에게 다 떠넘기려 했던 것도 같다. 그래도 학교에서 만큼은 집중해서 참여하였고 데드라인을 정해 놓고 실행해 더 나아진 느낌이었다.

그리고는 우리는 발표 자료를 만들기 시작하였다. 이때 만큼은 프로젝트에 참여하면서 좀 열심히 했다고 느끼는 부분이었다. 결국엔 성장 나눔 발표회가 시작되었다. 그러나 좀 범위가 커져 있었다. 많은 사람들이 들어와 우리가 말하는 것을 지켜보고 있었고 그 속에서 말하는 것이 상당히 긴장도 되고 뿌듯하기도 하였다. 그 뒤로도 많은 프로젝트 활동들을 해왔지만 호주 예비교사와 함께 했던 성장 나눔 발표회가 가장 인상깊었다.

탈북민 난민 조사를 위해서 설문 문제들을 뽑고, 아침 등교하는 학생들에게 스티커를 주면서 질문에 대한 답을 해달라고 해서 얻은 설문 결과지이다. 지금 생각해도 아침에 나와 등교하는 학생들 앞에서 설문조사를 하고, 호주 발표회 때 영어로 발표했던 모습이 눈앞에 선하다.

[그림 1] 탈북민 난민 인식도 조사

다음 보여주는 사진은 당시 했던 발표회에 대한 홍보 포스터이다. 호주 예비교사 선생님이 우리가 만든 내용에 대해서 피드백을 해 주고, 호주 문화도 잠깐씩 소개해주셨던 것이 호주에 대한 관심을 가져오게 하였다. 또 국제적 안목도 넓히도록 도와주었다. 만약 이 동아리에 들어오지 않았다면 이런 경험도 없었을 것이다.

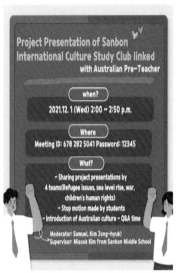

[그림 2] 호주예비교사 연계 프로젝트 발표회

그 뒤로는 내가 중2 여름방학을 맞았다. 이때도 선생님은 멈추지 않았고 다른 중학교와 연합동아리 활동을 시작한 것이다. 영어원서로 수업을 이어갔기 때문에 나는 조금 위축되어 있었다. 그래도 포기하지 않고 열심히 참여하였다. 그 결과 얻은 바가 결론은 '내가 능력이 부족하더라도 끈기 하나로 버티면 지탱할 수 있다' 라는 것이다. 여름에도 하고 겨울에도 했는데 두 권의 원서책인 Fantastic Mr. Fox(Roald Dahl), A Long Walk to Water(Linda Sue Park)는 아마도 잊지 못할 책들일 것 같다. 다른 학교랑 함께 하다 보니, 우리 학교를 대표해서 참여한다는 생각도 들고, 힘들지만, 같은 중학생들이 서로 책 읽기를 통해서 생각을 나누는 것이 좋았다. 이것 역시도 낭독으로 매일 읽어가면서 진행했는데 평소 우리 동아리에서 느리게 읽는 Slow Reading과는 달랐다. 조금은 빨리 읽어갔기 때문에 어려운 부분도 있었지만, 짧은 기간 책 한 권 읽어가는 것도 나쁘진 않았다. 당시 내가 가지고 있던 생각과 다짐을 패들렛에 올렸던 것을 공유해본다.

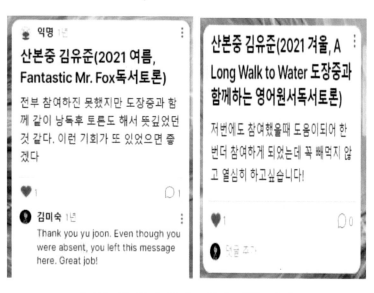

[그림 3] 영어 독서토론에 대한 다짐

당시에 내가 책을 읽고 쓴 소감문도 패들렛에 고스란히 남아 있어서 공유해본다. 다음에 나오는 것은 로알드 달의 Fantastic Mr. Fox를 읽어가면서 느낀 소감문을 영어로 쓴 것이다.

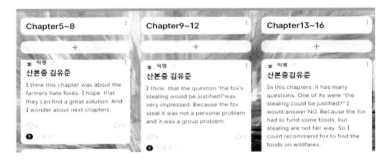

[그림 4] Fantastic Mr. Fox 소감문

이렇게 영어라는 장벽에 대해서도 체험했다. 그렇지만, 포기하지 않고 견뎌내는 인내심도 키워갔다. 시행착오를 겪으며 지내고 있을 무렵 나에게 가장 크게 고민하게 되는 일이 하나 있었다. 동아리 선생님께서 전자책 쓰기를 한다는 것이었다. 글쓰기는 하지만, 그것을 하나의 책으로 엮어낸다는 것은 생각도 못 한 일이었다. 이것이 내가 동아리에서 겪게 되는 고난 중 하나가 되었다. 다음은 어떻게 그것을 극복해냈는지에 대한 이야기 보따리를 펼치겠다.

고난과 극복

글쓰기라는 것은 초등학생 때부터 해 왔던 것이다. 그러나 책으로 낸다고 하고 출판까지 되는 과정인 전자책 쓰기라는 것은 너무 무섭고 커다란 도전 거리로 다가왔다. 물론 글쓰기로는 상도 많이 받아볼 만큼 자신은 있었다. 그러나 나의 이야기를 쓰려고 하니 막상 쓸 말이 없다는 생각이 들었다. 그런데 친구들이 쓴 글이 점점 올라오기 시작하고 나는 막상 아무것도 한 것이 없어 보였다. 그렇지만 동아리 담당 선생님께서 격려의 말을 해주시고 다른 친구들은 쓰는데 나는 아직 못 올리고 있다는 죄책감도 서서히 들기 시작했다. 눈치도 보여서 바로 글을 쓰기로 마음 먹었다.

그래서 곧장 컴퓨터 앞으로 다가가 키보드를 두들겼다. 컴퓨터 앞에서 뭔가 쓰려고 하고, 나의 학교생활을 상기시켜 보았지만 도무지 어떻게 써야 할 지 감이 안 잡혀서 선생님과 친구들의 글을 하나 하나씩 읽어보았다. 그리고는 첫 줄부터 차근차근 다시 써 보았다. 선생님의 꾸준한 피드백도 받았고 동아리 채팅방에 올라왔던 사진들과 글들을 살펴보면서 과거에 했던 활동들을 상기시켜 보았다.

몇 문단을 써 보니 조금씩 속도도 붙었고 잘 써지기 시작했다. 역시 작동하면 흥분이 이루어진다는 작동 흥분 이론이 적용되는 순간이었다. 선생님께서 해주신 피드백을 바탕으로 나도 무사히 전자책 쓰기 글을 완성할 수 있었다. 2021년도 겨울쯤 이렇게 나의 책 출판을 위한 전자책 쓰기는 시작되었다. 처음엔 책을 쓴다는 것이 의미 있는 줄 모르고 책 쓰는 걸 귀찮고 시간 낭비라는 생각을 한 적도 있었다. 하지만, 내가 3학년이 되고 등교한 날에 그 생각이 뒤집어졌다.

내가 3학년이 되고 첫 등교한 날에 출판된 책을 받았다. 책 쓰기는 12월에 마쳤고 이미 1월 방학 중에 책을 낸 것에 대한 동아리 자체 출판기념회가 있었다. 그런데 나는 그때 참석하지 못했었다. 그런데 3월 개학하는 등교날에 동아리 선생님께서 책을 가져다 주었다. 그 책을 보니 책 안에 같이 책을 냈던 저자 학생들과 선생님의 용기 있는 말들, 문구들을 읽으면서 나는 뭉클해졌다.

막상 책이 나오니 나도 모르게 과거에 전자책 쓰겠다고 힘들게 머리로 짜내던 생각, 선생님과의 잦은 피드백으로 고쳐 쓰던 생각들이 스쳐 지나갔다. 그래서 더 뿌듯했다. 책 표지도 너무 이뻐서 마치 내 분신처럼 느껴졌다. 무엇보다도 저자 속에 내 이름이 들어간 것이 너무 기뻤고 그 누구한테라도 자랑하고 싶었다. 그동안 잘 버티었기 때문에 이런 결과물이 나올 수 있다는 걸 느꼈고 전자책에 대한 첫 고난은 이렇게 잘 극복되었다. 하지만 더 많은 고난들이 날 기다리고 있었다.

또 다른 넘어야 할 산은 3학년 초에 한 대만 국제 교류였다. 학교가 끝나고 바로 학원을 가는 스케줄이 있어서 대만 국제교류는 잘하지 못했다. 학교가 끝난 직후에 이루어지는 활동이어서 참석을 많이 할 수 없었다. 지금 생각해도 많이 아쉬운 기회였다. 그러나 선생님께서 참여 못하는 아이들은 집에서도 할 수 있고 영상으로 찍어 대신하고 대만 국제교류 할 때 공유해 주신다고도 하셔서 자기소개 영상도 찍으면서 100%는 아니지만 나름 열심히 참여했다. 백업플랜을 잘 활용한 것 같다. 플랜 A가 안되면 플랜 B를 하라는 것을 적용했다. 실제로 참석은 못했지만, 영상으로라도 대신한 것이 바로 플랜 B이다.

다른 친구들이 대만 국제교류를 하고 이후 사진들이랑 활동한 구글 프레젠테이션 자료가 패들렛에 올려있었다. 제대로 했으면 기억에 많이 남았겠지만, 조금은 아쉬운 활동이지만 그래도 중학교 생활중에서 외국과 교류한다는 측면에서는 의미있는 활동으로 기억된다.

다음에 내가 고난이라고 꼽을 수 있는 것은 영어 원서 읽기였다. 영어책인 The BFG라는 책을 읽을 때도 있었는데, 그때도 조금은 힘들다는 생각이 들었지만, 선배님들, 선생님이 도와주셔서 어렵지 않게 영어 원서책을 이해하며 읽어갔다. 연합동아리 프로젝트로 Fantastic MR. Fox(Roald Dahl)를 읽은 적이 있다. 지역 내 다른 중학교랑 같이 하면서 프로젝트로 소그룹별 진행되었다. 이 가운데 팀장을 중심으로 프로젝트도 하고 해석하고 요약하고 토론 질문을 만들어내는 활동이었다. 이 활동을 하면서 고난이라는 생각을 떠올렸다. 그런데 왜 이것이 고난인지 물어볼 수도 있을 것이다. 그것은 책임감의 문제라는 생각이 든다.

1, 2학년 때는 의지하고 의존할 형과 누나들이 있었다. 위로 형, 누나의 든든한 백을 믿고 밑에서는 따라 하기만 하면 되지라는 안일한 생각도 있었다. 하지만, 이젠 3학년이 되었고 의존할 곳이 없어서 책임감이 막중해진 느낌이 들었다. 물론 3학년은 나 혼자만이 아니었지만, 과거에 내가 받아온 형, 누나의 도움과 지지가 있었기에 나도 그에 따라 모범을 보여주고 후배들에게 힘이 되어 주어야 한다는 부담감이 있었다.

1, 2학년일 때는 수업에 참석하면 3학년 형, 누나들과 선생님의 주도하에 읽기도 진행되어서 내가 할 임무는 거의 없었다. 그러나 3학년 자리에 내가 서야 하는 시기에 도달한 것이다. 그래도 진행자 역할은 나름 수월했다. 원서를 읽는 동아리 활동은 진행자가 책을 읽을 친구들을 불러가면서 읽도록 하는 것이다. 그러면서 마지막에 학생들의 의견을 물어보는 역할까지 한다. 즉 토론 주제도 생각해야 하는 자리이다. 하지만, 해석을 담당하는 학생은 자신이 맡은 부분에 대한 해석을 미리

해 와서 다 읽고 난 다음 해석을 해 주는 역할을 한다. 교과서 와는 달리 영어 원서책은 모르는 단어들이 꽤 많았다. 그래서 조금 어렵고 해석하는 부분이 개인적으로는 힘들고 고난이라는 생각이 들었다. 연합 동아리랑 읽었던 원서가 A Long Walk To Water(Linda Sue Park)라는 책이었다. 내용 자체는 남수단 의 Salva가 겪게 되는 이야기를 나열한 것이라서 크게 어렵지 않았지만, 처음 보는 단어도 많아서 인터넷에도 많이 찾아보고 읽어보며 해석을 해 나갔다. 학교 과제, 학원 과제도 많았지만, 글로벌 심층 독서반의 독서 활동도 꾸준히 해나가는 자신이 때 로는 자랑스러웠다.

이후 동아리에서 슬로우 리딩(Slow Reading)으로 이 책을 3 월부터 다시 하루에 2페이지씩 책을 읽어갔다. 한번 겨울방학 때 연합동아리도 일주일 동안 빠르게 한 권을 읽은 적이 있어 서 이번에는 조금 더 수월하긴 했다. 영어 원서책을 어렵다고 포기했더라면 지금의 내 모습도 없었을 것이다. 버티고 꾸준하 게 참여하여 같은 영어책을 두 번 정도 읽어가면서 힘들다고 생각한 부분들을 서서히 극복해 나갔다. 이렇게 한 자율 동아 리에 가입해 산전수전을 겪으며 지내는 내가 겪는 변화도 이야 기하지 않을 수 없다. 지금부터 그 이야기를 해보도록 하겠다.

변화와 성장

나는 중학교 1학년부터 이 동아리에 들어와서 여러 가지 일들을 겪었고 많은 변화를 느꼈다. 물론 처음에는 큰 변화는 없었다. 하지만 점차 시간이 지날수록 작은 행동 하나하나가 커다란 변화를 이끌고 말았다. 지금부터 그 이야기 보따리를 풀어보도록 하겠다.

심층 독서 동아리에 처음 들어와 읽은 '변화의 시작 하루1%'라는 책이 가장 큰 변화를 이끌어 냈다. 하루에 15분 투자하는 것이 처음에는 수월하고 쉽기만 한 그러한 과제거리인 줄 알았다. 하지만 겪어보니 그렇게 쉽지만은 않았다. 처음에는 자기 계발이라고 해서 두려움에 가득 차 있었다. 내가 뭘 해야 여기서 더 성장할 수 있을까? 라는 생각만 날 뿐이었다.

그러나 책을 읽을수록 그 해답을 찾을 수 있게 되었다. 변화의 시작 하루1%라는 책에서 목표 세우기를 읽어보았다. 나는 원래 목표라 하면 대학가기, 돈 많이 벌기와 같이 추상적이고 구체적이지 않았다. 이번 기회에 목표를 세울 때는 조금 세세하고 구체적으로 정했다. 목표를 이룰지는 모르겠지만 나는 마음속으로 목표를 정하고 그 방향으로 향하는 것만이라도 좀 자랑스럽고 대단하다고 스스로 느꼈다. 이것 말고도 책에서 배워 내 자신이 대단하다고 느끼며 인상적이었던 기법들이 몇 가지 있다. 그것들에 대해 소개를 해 보도록 하겠다.

첫 번째로 나는 인생 로드맵을 작성해보았다. 내가 앞으로 나아갈 방향을 세세하고 구체적으로 적는 것이었다. 이것이 목표 세우기와 다를 바 없다고 느꼈다. 그러나 인생 로드맵은 5년 정도를 기점으로 구체적인 목표를 세우는 것이었다. 그러기에 더 인상적이었고 꼭 그렇게 이루기를 마음먹으며 작성했다.

두 번째로는 내가 지금도 사용하고 있는 데드라인이다. 앞에서도 말했듯 팀워크가 필요한 작업을 할 때에는 데드라인이 거의 필수적이며 가장 중요한 요소 중 하나라고 생각한다. 하나의 일을 다짐하면 바로 그 일을 실행하는 것이 아니다. 계획을 세세하게 짜놓은 뒤에 실행을 해야 한다. 그럴 때 쓰기 제격인 것이 바로 데드라인이다. 한번 숙제, 공부, 작업을 할 때 무작정 부딪히지 말고 데드라인을 정해봐라. 확실한 효과를 낼 것이다. 어느 한 시점까지 하기로 마음먹으면 나는 하기 싫어도 그 순간까지 해야 한다는 압박감 때문에 일이 손에 잡히게 되고 빠르게 할 수 있게 될 것이다.

마지막으로는 공개선언이다. 솔직히 데드라인도 중요하다고 하였지만 내가 변화하며 빛을 발하게 해준 것은 바로 공개선언의 효과이다. 공개 선언이란 많은 사람들 앞에서 내가 할 것을 선언하고 그것을 실제로 실천하는 것이다. 가정을 해보자. 계획이 일주일 안에 10페이지를 푸는 것이라고 가족들 앞에서 말해보자. 그러면 손이 저절로 가게 된다. 공개 선언의 효과가 이것이다. 사람들 앞에서 말한 건 어쩔 수 없이 지키게 되어있다. 목표, 데드라인, 공개선언을 지켜가며 나는 이 동아리에서 꾸준히 변화하였다.

물론 책을 읽으면서만 변화하진 않았다. 그러면 지금의 내가 없었고 이렇게 책을 쓰고 있지도 않았을 것이다. 프로젝트 활동을 하며 공동체 의식도 생겨가며 나는 한층 발전, 변화할 수 있었다. 그중 가장 큰 비중이 아마 전자책 쓰기 일 것이다. 전자책을 쓰게 되면 나의 속마음을 나도 모르게 알게 된다. 속마음을 털어 놓으며 책을 쓰면 더 잘 써지고 사람들에게 이야기하는 듯한 느낌이라 재미있어 지기도 한다.

전자책을 쓰면서 가장 크게 깨달은 것은 기록의 중요함이다. 나는 기록하는 걸 좋아하지 않는다. 그러나 기록한 걸 보면 기억이 새록새록 나서 기록한 내용을 보는 것은 좋아한다. 심층독서반의 가장 큰 장점이 기록이다. 선생님만이 기록하는 것이 아니라 모든 학생들도 패들렛에 작성하여 기록해 추후 볼 수 있게 보존하게끔 한다. 이런 시스템을 보고 한번 따라 해보고 싶었다. 그래서 나는 홀로 일기를 쓰기 시작했고 어느새 노트 한 권 한 권을 다 써나가기 시작했다.

이런 환경에서 내가 이렇게까지 발전하고 변화한지는 솔직히 모르고 있었다. 그러나 전자책을 쓸 때 나도 깨닫게 되었다. 첫 책을 쓸 때는 글쓰기 솜씨가 영 좋지 못 했지만 더 많이 써 볼수록 능력이 좋아졌다. 이로 하여금 '내가 성장하였구나'라고 느낄 수 있게 되었다.

이것은 심층 독서 동아리 회원만이 가능한 것이 아니다. 지금 이 책을 보고 있는 독자들도 충분히 가능한 이야기이다. 영화나 드라마 속 주인공들처럼 점차 성장해가며 달라진 모습으로 다른 사람들에게 놀라움을 선사할 수 있게 될 것이다. 하루에 15분만 투자해봐라. 그렇게만 한다면 단기간은 아니겠지만 여러분은 성장해 있을 것이다.

중학교, 이젠 안녕

심층 독서 동아리에서 어느덧 3년째 활동하며 지내고 있다. 벌써 나도 졸업을 앞둔 3학년이 되었다. 앞에서 심층독서 동아리가 나에게 얼마나 뜻 깊은지 소개한 바 있다. 이제는 독서 동아리를 떠나서 내가 생각하는 인생과 성공, 가치에 대해서 말해보고 싶다.

솔직하게 말해보자. 인생을 살아가는 이유에 대하여 진지하게 고민해본 적이 있는가? 나도 없는 것 같다. 그러나 우리는 그 이유를 찾아야 한다. 이유를 알면 삶의 질이 달라진다. 인간은 이유를 찾는 존재이다. 변화를 원하면서 그렇게 이루어지지 않는다면, 그것은 자신의 의지의 문제에 달린 것이 아닌 결정적인 이유를 찾지 않았기 때문에 변화를 위해 노력할 명분을 찾지 못한 것이다.

이유 찾는 것은 간단하다. 내가 사용하는 방법은 한 가지가 있다. 하루 일과가 전부다 끝나면 침대에 누워서 핸드폰을 들여다 보지는 않는가? 그럴 때 한번 종이와 연필을 들어보라. 공부를 하라는 이야기가 아니다. 하루 일과를 쭉 정리해가며 그것을 해야만 하는 이유를 고민해 보는 것도 참 좋은 방법이다. 나는 이유를 찾았다. 열심히 공부하지만 처음엔 이유를 찾지 못했다. 그러나 나는 한 친구를 모든 방면에서 이기지 못했다. 하지만 공부 만큼이라도 이겨보고 싶어 정말 열심히 공부했고 나도 모르게 이유를 찾은 뒤로 공부도 잘되었다. 이처럼 이유 찾기는 삶에 살아가는 데에 있어 정말 중요하다.

그렇다면 이 책을 읽고 있는 독자들 당신은 인생이란 무엇이라고 생각하는가? 나는 한계를 뛰어넘어보고 많은 곳에 도전하며 부딪혀보는 것이라고 생각한다. 한편으로는 하나의 책이라고도 생각한다. 어떨 때는 정말 슬퍼서 울 지경이지만 페이지를 넘기면 또 다시 행복해진다. 또한 책과 인생의 가장 큰 공통점은 예측이 불가능한 것이다. 다음 페이지를 넘기지 않으면 무슨 일이 일어날 지는 아무도 모른다. 인생도 마찬가지다. 몇 분 몇 초 뒤에 일어날 일을 아는 사람은 단 한사람도 없다.

이런 책과도 같은 인생에서 가치는 무엇이 있겠는가? 많은 사람들은 돈이라고 할 것이다. 하지만 나는 돈보다는 성공이라는 키워드를 인생에 초점을 맞추고 싶다. 성공하기 위해서는 조금씩 이라도 노력해야 한다. 이것에 대해는 할 말이 조금 있다. 만약 내가 축구를 하루에 8시간씩 3~4달을 매일 한다고 하자. 그렇다면 나는 축구를 정말 잘하게 될 것이다. 그러나 10년 동안 축구를 해온 사람 앞에서는 나는 그저 3달 공 만져본 아기일 뿐일 것이다. 이처럼 10시간을 해야 되는 사람이 있고 3시간 만에 되는 사람이 있는데 이를 우리는 재능이라고 한다. 그러나 10년~20년 동안 해온 사람을 노력한 사람이라고도 부른다. 재능은 노력을 이길 수 없다. 하지만 사람들은 이 말을 믿지 않는다. 그러기 때문에 노력하지 않는다.

우리는 재능이 있든 없든 노력하는 사람은 절대 이길 수 없다. 그러나 그만큼 쫓아갈 수는 있다. 우리도 그만한 노력을 하면 된다. 성공을 하고 싶다면 노력하라. 그리고 실패를 두려워하지 않아야 한다. 실패는 성공의 반대가 아니다. 다른 듯 같은 말이라고 할 수도 있을 것이다. 실패를 하는 과정에서 우리는 성공에 한 발짝 다가가는 교훈을 얻을 수도 있다.

나는 벌써 전자책 쓰기만 3번째이다. 그 과정에서 많은 교훈들을 얻었다. 가장 큰 교훈은 바로 부딪혀 본 사람만이 성공의 길을 걸을 수 있다는 것이다. 쓸 시도 조차 안 하면, 당연히 써지진 않는다. 하지만 시도라도 해본다면 빠르게는 아닐지언정 쓸 수는 있을 것이고 쓰는 와중에도 쓰는 방법을 알아내고 잘 써내려갈 수 있게 된다.

세상에 쓸모없고 잘하는 것이 없는 사람은 없다. 그러니 절대 자신과 타인을 모두 깎아 내리거나 비난해서는 안된다. 현금 지폐 5만원권을 땅에 떨어뜨리고 아무리 밟는다고 해도 큰 돈인 것은 마찬가지이다. 가치를 잃지 않았기에 돈에 무슨 짓을 해도 갖고 싶을 것이다. 사람이 살아가는 인생도 같은 원리이다. 인생에 다양한 순간이 오지만 사람 자체의 가치는 변하

지 않는다. 그러니 이 책을 읽고 있는 당신들도 희망을 가지고
절대 자신의 가치를 잃지 않았으면 한다.

마리포사_Mariposa

[김태연]

저자 : 김태연

나비처럼 자유롭게 날아갈 수 있기를 바라는 학생이다. 우여곡절도 많이 겪지만, 극복해내고 성장해나가는 과정을 배우고자 하는 자세를 지니기 위해 노력한다. 글로벌 심층독서반의 회장 역할을 맡고 있으며, 경기외국어고등학교 영어과에 진학 예정이다.

저서 : 변화를 위한 하루 1%의 성장 스토리(2021)
　　　 십대들이 들려주는 변화를 위한 도전(2022)
이메일 : kylaile@naver.com
블로그 : https://m.blog.naver.com/slytheadamier

알스트로메리아_새로운 만남

우리는 매일 매일 새로운 인연을 만난다. 새로 오게 된 전학생, 신입사원, 동아리 부원, 길거리에 지나다니는 사람들, 심지어는 길고양이들까지. 우리의 주위에는 알 수 없는 생명체 투성이 이지만, 때로는 이렇게 스쳐 지나가는 하나의 인연이 스며 들어가는 소중한 추억이 되기도 한다. 아마 바다 건너 멀리 있는 나의 새로운 친구들이 그러하지 않을까 싶다.

3학년 2학기 초였다. 우린 지난 학기에 대만의 학생들과 성공적인 국제교류를 마친 뒤, 더욱 다양한 교류와 활동들을 기대하고 있었다. 대만과의 국제교류 당시, 우리는 완단 주니어 하이스쿨(Wandan Junior High School)의 우리 또래 학생들과 UN SDGs에 지정되어 있는 주제 중 한 가지를 조별로 선택하여 조사하고 해결방안을 연구하는 활동을 했다. 다른 나라의 또래 친구들과 국제적 이슈에 관해 매우 심도 있게 교류를 했으니, 다음 교류가 기대되지 않을 수가 없었다.

얼마 후, 선생님께서 반가운 소식을 가져오셨다. 바로 호주의 스미스힐 고등학교(Smith Hill High School)와의 국제교류였다. 작년의 호주 국제교류에서는 예비교사이신 분과 국제교류를 했지만, 이번엔 또래의 학생들과 진행한다고 하니 설레는 마음이 가득했다.

국제교류 시작에 앞서, 우리는 국제교류 진행 시 물어보고 싶은 질문들에 대해서 영어로 작성하고, 소개하고 싶은 한국 문화에 대해서도 정리했다. 곧이어 호주 국제교류 패들렛이 생겼고, 호주 친구들의 글을 볼 수 있게 되었다.

[그림 1] 호주 친구들의 한국어 자기소개

한국어 수업을 듣는 학생들이라 그런지 한국어로 쓴 자기 소개 글을 볼 수 있었는데, 정말… 너무… 너무 귀여워서 쓰러질 뻔했다고 한다….

대망의 국제교류. 종례가 끝나자마자, 동아리실로 모여 각자

태블릿을 세팅하고 옹기종기 앉았다. 설레는 마음도 있었지만, 대만 국제교류와는 또 다른 분위기일 거라는 선생님의 말씀에 괜히 긴장도 되는 마음이었다.

하지만 긴장했던 것과는 달리, 호주 친구들은 너무나도 재치 있고 밝은 친구들이었다. 처음 보는 사이인데다 온라인으로 만남을 가지고 있어 어색할 수 있음에도 불구하고 호주 친구들은 농담으로 즐거운 분위기를 이어나갈 수 있도록 해주었고, 우리가 이야기하고 있을 때에도 경청하며 매너 있는 태도를 보여주었다.

대만 국제교류 때에는 UN SDGs에 관해 이야기했지만, 이번 호주 국제교류는 한 번 밖에 만남을 가질 수 없어 서로의 학교생활 문화에 대해 교류했다. 나라 간의 거리가 있는 만큼, 학교생활에서도 다양한 차이점이 있었다. 한국은 학교에서 정한 교육과정과 시간표를 이수해야 하지만, 호주는 자신이 원하는 과목을 선택해서 들을 수 있었다. 또한 한국은 급식을 무료로 제공받지만, 호주는 식사 비용을 지불해야 하는데, 이 비용이 비싼 편이라 한국의 급식을 호주 친구들이 부러워했다. 이 외에도 호주의 교내 파티 행사에 대해서도 배우고, 등하교와 동아리에 대해서도 교류했다.

가장 놀라웠던 점은 호주 친구들의 다양한 인종이었다. 중국계의 친구와 캐나다인 친구도 있었고, 부모님께서 한국인인 친구와 한국인이지만 호주로 유학 간 친구도 있었다. 인종이 워낙 다양해서 영어 외에도 사용하는 언어가 많아, 4개국어를 배우며 언어에 관심이 많은 나와 말이 통하는 점이 많았다.

[그림 2] 호주 국제교류 현장

사실 영어로 대화하면서 이렇게까지 즐거웠던 게 얼마 만인지 모를 정도로 즐거웠다. 모든 대화의 한마디, 한 마디가 나에게 소중하게 다가왔고, 잊을 수 없는 경험이 되었다. 우연으로 만난 친구들이었지만, 이젠 알스트로메리아를 통한 인연이라고 부를 수 있지 않을까?

마트리카리아_역경에 굴하지 않는 강인함

　요즘 사람들 사이에서 유행하는 단어가 있다. 바로 '갓생'이라는 단어인데, 유튜브의 공부 브이로그(Vlog) 같은 영상들에서 유입되어 흔히 학생들 사이에서 쓰이는 단어이고, 하루 동안의 시간을 굉장히 알차고 부지런하게 소비하는 삶을 말한다. 나도 내 친구들 사이에서 "오늘부턴 진짜 갓생 산다!"라고 농담 식으로 말하지만, 사실 나는 꽤 어릴 적부터 이미 갓생을 살아왔다고 자부할 수 있다.

　유치원생 때부터 영어 공부를 시작하여 유치원 수업이 끝나도 혼자 끝까지 영어 공부를 하며 유치원에 남아 있었고, 초등학생 때부터는 6개의 학원을 소화해내면서 밤과 새벽에는 피겨 스케이팅 훈련을 했다.

[그림 3] 어릴 때부터 피겨 스케이팅을 배우며 갓생을 산 나

물론 중학생인 지금은 학원 수가 절반으로 줄었지만, 여전히 아침 6시 30분에 일어나는 생활 패턴을 유지하며 동아리 활동과 오케스트라, 전교 학생 자치회, 고등학교 입시 준비까지 병행하는 매우 바쁜 삶을 살고 있다.

내 주위의 친구들은 이런 나를 보면 이게 사람이 제대로 살 수 있는 생활 패턴이냐고 이야기하지만, 이렇게 16년을 살아온 사람으로서 힘들어도 그나마 버틸 수 있는 팁이 하나 있다면, 바로 '선'이다. 난 내가 '이 정도면 그래도 버틸 수 있겠는걸?' 하는 정도의 선을 정해 놓고 그 선 안에서 스트레스를 조절하며 생활한다. 이렇게 완급조절을 하며 유연하게 살았지만, 어느 순간 나는 결국 이 '선'을 넘어 버리고 만다.

학생들에게 2학기는 정말 재밌는 시기다. 1학기 동안은 아직 어색했지만 2학기부터는 반 친구들과 매우 끈끈한 사이가 되며, 체육대회, 축제 등 학업 스트레스를 날려 버릴 수 있는 다양한 행사들이 있는 시기이다. 하지만 나에게 2학기는 어떻게 보면 좀 다른 의미로 다가온다.

더 쉬운 이해를 위해 나에 대한 배경지식을 먼저 간단히 소개해야 할 것 같다. 나는 3학년 2학기에 학급 내에서 회장을 맡고 있으며, 학급 회장으로서 전교 학생 자치회에 속해 있다. 또한 교내 오케스트라에도 활동하며 클라리넷 파트장 역할을 맡고 있고, 글로벌 심층독서반 동아리에서 회장 역할을 맡고 있다. 결론적으로 말하자면, 2학기는 내가 엄청난 학교 활동들로 갈려 나가는 시기라는 것이다….

사실 나는 워커홀릭 기질을 약간 보유하고 있는지라 일이 많은 바쁜 일상을 선호하는 편이다. 몸 자체는 신체적으로 매우 힘이 들지만, 그 일들을 해내는 과정에서 배우는 것도 많을뿐더러, 모두 끝마쳤을 때의 뿌듯함과 성취감이 나에게는 일종의 카페인 역할을 한다. 일부러 2학기에 학급 회장 선거에 출마한 것도 그 때문이며, 내가 마지막 글자에 '-장'이 붙는 일들을 선호하는 이유이기도 하다. 물론 당시 내가 잊고 있던 한 가지 사실이 있었지만 말이다.

바로 하필이면 올해가 2022년이라는 것. 내가 중학교에 입학하던 2020년도부터 코로나 사태가 발생하며 입학도 미뤄지고, 현장 체험학습과 체육대회, 축제는 물론 모든 행사가 취소되거나 온라인으로 매우 약소하게 진행되었다. 하지만 2년 정도 지나자, 상황이 호전되었고, 학교 행사들도 다시 학생들의 곁으로 돌아오기 시작했다. 따라서 오랜만에 열리는 교내 행사에 대한 학생들과 선생님들의 기대는 매우 컸고, 학교 측에서도 이전과는 다른 스케일로 행사를 준비하게 되었다. 아래는 내가 당시 소화해낸 일정이다.

〈영혼이 갈려 나가는 일정!〉

1. 10월 9일 : 오케스트라 지역사회음악회
2. 10월 12일 : 고등학교 참관 수업 설명회, 학교 축제 오디션 심사위원
3. 10월 21일 : 체육대회
   -오전 8시~8시 50분 오케스트라 등교 음악회
4. 10월 25일 : 오케스트라 학생 음악 축제 공연
5. 10월 27일 : 축제 공연 리허설 및 준비
   -오후 4시~7시 강당 및 전시 부스 꾸미기
6. 10월 28일 : 학교 축제
   -오케스트라 공연, 앙상블 공연
   -학생 자치회 댄스 공연
   -축제 진행 및 안내 스태프
   -축제 공연 심사위원
   -글로벌 심층독서반 모의 유엔 총회 의장(축제 때 동아리 부스 운영)
   -학급별 퀴즈쇼 진행
7. 11월 1일~11월 16일 : 우리 마을 깊이 알기 공모전 촬영 및 편집
   -팀원들과 매일 아침 8시까지 와서 영상 촬영, 편집
8. 11월 22일~23일 : 기말고사
   *매일 오전 7시 50분~8시 50분 학생 자치회 댄스 공연 연습
   *매일 방과 후 축제 지원 스태프 모임

대망의 10월 9일에는 첫 오케스트라 공연이 예정되어 있었다. 비록 야외 공연이라 손이 매우 시리고 악기도 얼어버려 상태가 좋지 않았지만, 클라리넷 파트 후배 친구들과 핫팩을 나눠 쓰며 가까워졌고 오케스트라에서의 첫 공연도 무사히 마쳤다. 곧이어 내가 지망하는 고등학교에서 참관 수업 설명회가 열렸고, 설명회가 끝나자마자 다시 학교로 돌아와 축제 오디션 심사를 했다. 심사였지만 오디션을 보는 재미도 나름 쏠쏠했고, 아직까지는 버틸 만한 시기였다. 몇 주 뒤, 드디어 반 친구들이 기다리던 체육대회 날이 되었다. 중학교에서의 첫 체육대회였기 때문에 다 같이 처음으로 반티도 맞춰 입어 보고 학급 깃발도 만들어서 그런지 모두 설레는 마음이었다. 하지만 설레는 마음도 그리 오래 가지 못했다. 바로 일주일 뒤에 내 인생에서 가장 힘들었던 날이라고 꼽을 수 있는 학교 축제가 예정되어 있었기 때문이다.

[그림 4] 오케스트라 공연 / 체육대회

한 달 전, 학생 자치회 담당 선생님께서 축제 날 자치회도 공연을 하는 것이 어떻겠냐는 제안을 하셨다. 그렇게 회의를 통해 댄스 공연을 하기로 했고, 자치회에서 결정한 곡은 바로 아이돌 그룹 세븐틴의 "예쁘다"였다. 우린 세븐틴의 멤버 수에 따라 자치회 학생들을 세 팀으로 나누었고, 각 팀마다 파트를 배분하여 춘 뒤 마지막으로 전체 군무를 추는 안무 동선을 짰다. 내가 배정된 팀은 2팀이었고, 2팀은 세 팀 중에서도 가장 많은 안무 분량을 차지하고 있는 팀이었다.

내가 춤을 연습하며 온몸으로 뼈저리게 깨달은 것이 있다면 바로 아이돌이 굉장한 극한직업이라는 것이다. 안무 영상으로 봤을 때의 춤은 쉬워 보였지만, 막상 직접 추면 온몸이 뚝딱거렸다. 우리는 한 달 내내 매일 아침 7시 50분까지 등교하여 1시간씩 연습했고, 점심시간과 방과 후에도 모여 연습했으며, 심지어 주말에도 사비로 따로 연습실을 빌려 연습했다. 같은 팀의 친구들과 친해지며 좋은 추억을 쌓을 수는 있었지만, 이러한 일정 속에서도 학원 숙제와 기말고사 공부까지 밤늦게까지 해야 해서 수면 부족과 두통, 근육통에 시달렸다. 설상가상으로 기말고사 공부는 숙제로 인해 거의 뒷전이었고, 학원에 갈 때마다 숙제를 제대로 끝내지 못하고 지각과 결석도 빈번히 해버리는 바람에 학원 선생님의 얼굴을 볼 면목이 없었다.

안 좋은 일은 한 번에 찾아온다고 했던가. 한 달간의 춤 연습과 바쁜 일상에 한창 예민해져 있던 나는, 같이 자치회에서 활동하는 가장 친한 친구와 싸우게 되었다. 전교 회장을 맡고 있던 그 친구는 다른 전교 임원들과의 회의를 통해 나에게 2팀의 춤 실력이 더 이상 나아지지 않는다면 2팀의 파트를 공연에서 완전히 뺄 예정이라는 사실을 알려주었다.

[그림 5] 열심히 연습하는 2팀 친구들

그간의 고달픈 연습이 한순간에 무의미해져 버리고 속상해하는 2팀의 팀원들을 보자, 눈에 보이는 게 없을 정도로 화가 치밀어 올랐고, 결국 친구에게 화를 내버린 것이다. 하지만 친구 또한 선생님으로부터 자치회 댄스 공연에 대한 독촉과 눈초리를 받아 스트레스가 극심했고, 서로의 사정을 미처 헤아리지 못한 우리는 다투

게 되었다. 게다가 그간 바빠서 미뤄오던 동아리의 모의 유엔 총회 부스 준비마저 해야 하는 상황이 왔고, 잠을 줄여서라도 홍보 포스터와 영상, 신청서, 안내문까지 모두 제작했다.

축제 전날, 다행히 우리 2팀은 그 뒤로 혹독히 연습한 덕에 공연에서 빠지지 않을 수 있었고, 축제 공연 전체 리허설을 진행했다. 하지만 축제 지원 스태프들은 안타깝게도 리허설에서 끝나지 않았다. 축제가 진행될 강당과 동아리 전시회가 열릴 미술실을 꾸며야 했다. 모두 협력해가며 열심히 작업했지만, 어느새 시간은 7시를 훌쩍 넘겼고, 우리 모두 정말 많이 지쳐 있었다. 뭐, 그래도 이때까지 못 하던 풍선 부는 법을 친구에게 배워서 해낼 수 있게 되었다.

대망의 축제. 오전 7시에 등교함과 동시에 매우 정신없는 하루가 시작되었다. 30분 동안 자치회 공연 리허설을 한 뒤, 바로 오케스트라 리허설을 하러 갔다. 오케스트라 리허설이 끝나자마자 축제 지원 스태프들은 모여서 조끼와 무전기를 착용하고 학생들을 안내하며 강당으로 들이기 시작했다. 이때 마이크와 확성기가 없어 생목으로 소리를 질러 목 상태가 좋지 않았다. 곧이어 축제가 시작되었고, 축제의 첫 공연인 오케스트라 연주를 진행했다. 공연 바로 전날 연주곡을 바꿔버리는 바람에 이때부터 멘탈이 서서히 흔들리기 시작했다. 다음으로 자치회 댄스 공연이었다. 비록 잘 춘 건 아니었지만, 한 달의 노력을 들인 만큼 호응도도 좋앉고 무대가 끝나자마자 2팀 팀원들끼리 모여 고생했다며 서로를 다독여주었다. 이어서 오케스트라의 앙상블 공연을 했지만, 방송사고로 마이크가 꺼져버린 바람에 연주 소리가 전혀 들리지 않아 매우 당황스러운 일이 발생했다.

우여곡절 끝에 내가 참여하는 공연은 모두 끝나고, 나머지 공연을 위해 축제 지원 스태프로서 공연자들을 안내하고 무대를 세팅해야 했다. 게다가 나는 축제 심사위원 일까지 맡아 계속해서 매 공연마다 점수도 매겨야 했다. 4시간 내내 앉아 있지도 못하고 무전기를 들고 계속 뛰어다니다 보니 온몸에 힘이 없었다. 모든 공연이 끝나고 점심시간이 되었지만, 나에게는 점심을 먹을 시간이 없었고, 곧장 모의 유엔 총회를 준비하러 가야 했다.

나는 모의 유엔 총회에서 의장을 맡아 총회를 진행해야 했지만, 바빴던 탓에 진행 준비를 하나도 하지 못해 즉석에서 멘트를 치고 총회를 진행해야 했다. 총회 시작 전이었지만, 사실 이때부터 도망치고 싶었다. 이미 신체적으로 힘들었고 준비가 덜 됐다는 심리적 압박감마저 조여왔다. 하지만 모의 유엔 총회는 내가 직접 낸 아이디어로 기획한 행사이며, 동아리 부원들과 선생님 모두 열심히 준비해왔다는 사실을 떠올리고 그나마 정신을 바짝 차려 총회를 진행했다. 지금 생각해보면 당시 내가 무슨 말을 했는지 기억이 거의 안 나지만, 끝나고 다리 힘이 풀림과 동시에 멍하니 있던 것은 기억난다.

[그림 6] 모의 유엔 총회

마지막 시간인 학급별 퀴즈도 반장인 내가 진행해야 했지만, 완전히 한계에 다다라 친구들이 문제를 풀 때 바닥에 잠깐씩 주저앉아 있었다. 마침내 축제가 끝나고, 거의 부서질 것 같은 몸으로 강당에 가서 모든 축제 장식을 떼어내고 정리까지 끝마친 뒤에서야 집으로 돌아갔다. 축제 한 달 전부터 시작해서 당일까지 지나치게 과로해 온 탓에, 다음 날부터 나는 감기와 몸살에 시달리게 되었다. 그래도 다행히 감기가 거의 나을 즈음, 다퉜던 친구와 화해하며 다시 이전과 같은 사이로 돌아가게 되었다.

사실 이번 시기는 이전과는 견줄 수도 없을 정도로 가장 힘든 시기였다. 서 있는 것도 힘들 정도로 악화된 몸 상태였고, 신경까지 날카로워지며, 혼자 숙제를 하다가도 너무 힘들어 자주 울곤 했다. 그래도 버틸 수 있게 해준 것이라면, 바로 내 주위 사람들이다. 동아리 선생님께서도 내 상황을 헤아려 주시며 지칠수록 멈추고 생각하고 호흡하자는 따뜻한 조언을 해주셨고, 2팀 친구들도 수시로 어깨를 다독이며 힘내자고 해주었다. 내 9년 지기 친구와 학원 선생님도 기분전환을 위해 같이 경복궁으로 한복 나들이를 다녀오게 해주었고, 오케스트라 클라리넷 파트의 2학년 후배 친구들도 모두 지친 상황에서 농담으로 분위기를 풀어주며 끝까지 공연을 잘 마칠 수 있게 도와주었다.

김미숙 선생님

태연아 바쁘니 일단 되는대로 해보자. 건강생각하고...하는 일이 많을때는 지칠수 있으니, 일단 멈추고 생각하고 호흡하고....ㅎㅎㅎㅎ 톡으로 서로 소통해보자꾸나.

오전 8:09

[그림 7] 김미숙 선생님의 응원

이번 일로 깨달은 것이 있다면, 바로 내가 할 수 있는 만큼 절제하자는 것이다. 다양한 활동을 하고 싶다는 욕심에 내가 할 수 없는 범위까지의 일을 하며 결국 나만의 '선'을 넘어버렸다. 경험도 중요하지만, 결국 가장 중요한 것은 나 자신이라는 걸 잊어서는 안 되는 것이다. 비록 힘들었지만, 이번 경험을 통해 역경에 굴하지 않는 강인함을 기르게 되었고, 이렇게 마트리카리아를 꽃 피웠듯이, 앞으로 어떠한 힘든 일이 닥쳐도 난 내가 이겨낼 거라는 믿음이 생겼다.

칼랑코에_설렘

　누구나 설레었던 경험이 한 번쯤 존재할 것이다. 나 또한 어릴 적 크리스마스 이브날 산타 할아버지를 기다리던 설렘과 눈이 왔을 때의 설렘과 같이 주로 상황에 따른 설렘이 많았다. 하지만 이번엔 처음 느껴보는 설렘이었다.

　저번 챕터의 〈영혼이 갈려 나가는 일정!〉을 잘 살펴보면 7번에 마을 깊이 알기 공모전이 있는 것을 알 수 있다. 그렇다. 동아리 선생님께서 나와 3명의 동아리 친구들에게 공모전 참가를 제안하셨고, 영혼이 갈려 나가고 있는 와중에도 워커홀릭 기질이 발동하여 참가하게 된 것이다.

　마을 깊이 알기 공모전은 내가 거주하는 군포시에 대한 홍보 영상을 제작하는 공모전이었다. 우리 넷 모두 시간이 촉박했던 관계로 뮤직비디오 형식으로 영상을 만들기로 했고, '군포시는 너희를 받아들일 준비가 되어 있다'라는 제목으로 군포시가 유니세프 지정 아동 친화 도시인 점을 중점으로 하여 영상을 촬영하기로 했다. 역시 이번에도 아침 일찍 등교하여 영상을 촬영하는 수밖에 없었고, 축제 이후로 또다시 아침 강행군 스케줄을 이어 나가야 한다는 생각에 그닥 내키지 않는 활동이었다.

어찌 저찌 눈도 거의 떠지지 않는 상태로 아침 일찍 일어나 비몽 사몽한 얼굴로 학교에 가자, 다른 친구들은 이미 도착해 있었고, 아침부터 힘들다는 내 속마음과는 달리 다른 친구들은 영상을 어떻게 촬영할지 매우 열심히 토론하고 있었다. 어쩌면 이때부터였을까. 힘들다는 것은 그저 핑곗거리에 불과하다는 것을 깨닫기 시작한 것이.

아이디어를 하나둘씩 제안하는 친구들을 보자, 나 또한 마음이 열리기 시작했고, 어느새 이 활동에 매우 적극적으로 참여하고 있었다. 아침에 일찍 일어나는 것은 여전히 힘들었지만, 학교에서 친구들을 기다리게 하고 싶지 않아 이불 속에서 뒹굴거리는 일도 줄어들게 되었다.

우리는 학교에서 시작하여 점점 군포시라는 더 큰 단위로 장소를 변경해가며 촬영하기로 했다. 학교에서는 최근 지어진 체육관과 동아리에서의 활동들로 영상을 채웠다. 아침 8시까지 등교하고 점심시간과 방과 후에도 틈틈이 영상을 촬영했지만, 군포시 촬영은 학교에서 촬영할 수 없다.

그렇게 우린 주말에 모여서 촬영하기로 약속을 잡았고, 산본 어린이도서관, 군포 시청, 청소년 수련관, 산본 중심상가, 중앙공원 등 홍보하고 싶은 시설들을 찾아 돌아다녔다. 사실 몇 시간 동안이나 계속해서 돌아다녀서 다리도 굉장히 아프고 고단했지만, 점점 이 활동에 즐거움과 사명감을 갖는 나 자신을 발견할 수 있었다.

[그림 8] 마을깊이 알기 영상촬영 모습

또한 같이 촬영하는 동아리 친구들과도 더욱 가까워질 수 있는 계기가 되었다. 오랜 시간을 함께하다 보니 허물없이 지낼 수 있게 되었고, 힘들 때 쓰러져 있으면 등을 토닥여주는 사이가 되었다. 동아리 선생님께도 감사한 게 정말 많았는데 주말에 촬영하러 가는 우리를 위해 음료 쿠폰을 하나씩 보내주셨다. 감사한 마음에 쿠폰으로 산 음료를 마시는 장면도 영상에 넣었다.

김미숙 선생님님이 보낸 메시지카드

애들아 수고가많다.찍으면서 차라도 한잔씩마시
면서 촬영하길

빽다방
초코라떼(HOT)

↓ 카드 저장

[그림 9] 동아리 선생님께서 보내주신 음료 쿠폰

　창의적인 동아리 친구들의 엄청난 양의 아이디어로 많은 분량
의 영상을 촬영할 수 있게 되었다. 이후 편집은 다수의 영상 편
집 경험이 있는 내가 맡게 되었다. 사실 편집하는 시점에서 일주
일 뒤에 기말고사가 예정되어 있어 공부하기에도 시간이 빠듯한
상황이었다. 하지만 즐거운 마음으로 임한 활동이라 그런지 힘듦
에도 불구하고 어떻게 하면 취지와 영상미를 잘 살릴 수 있을지
계속 고민하며 즐겁게 편집했다. 오히려 이렇게 긍정적인 마음가
짐으로 임하니 기말고사 공부에도 시너지 효과를 낼 수 있었다.

3일간의 편집 끝에 5분가량의 뮤직비디오가 완성되었다. 같은 동아리 친구들에게도 보여주며 수고했다는 말을 주고받았다. 그리고 얼마 후, 우린 공모전에서 중고등부 2위를 했다는 반가운 소식을 듣게 되었다.

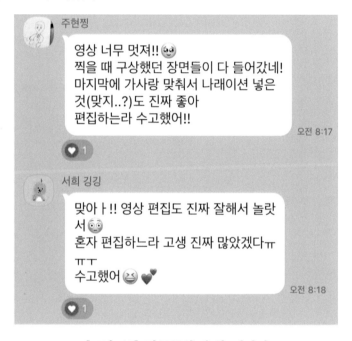

[그림 10] 친구들의 응원 메시지

처음에는 그저 귀찮음이었다. 하지만 친구들로부터 동기부여를 얻었고, 마음가짐을 바꾸니 '설렘'으로 변화하였다. 사실 우리는 상황에 따라서가 아닌, 마음가짐에 따라서 칼랑코에를 꽃피울 수 있던 건 아닐까.

꽃기린_고난의 깊이를 간직하다

한 마리의 나비를 떠올려보자. 아마 나비라고 하면 나비 특유의 여유로운 날갯짓과 아름답고 우아한 움직임이 떠오를 것이며, 크고 얇은 날개로 인해 연약한 존재로 받아들여질 것이다. 이게 우리가 흔히 생각하는 나비의 고고한 이미지이다.

하지만 사실 나비는 먹이 사슬에서 최하위 계층에 속하며, 이러한 악조건에서 생존하기 위해서는 포식자들이 잡지 못하도록 현란하고 불규칙적으로 날개의 패턴을 바꿔야 하고, 민첩하게 방향 전환을 해야 한다.

이렇게 나비의 아등 바등거리는 모습이 언뜻 보면 나와 비슷하다는 생각을 자주 하곤 한다. 어릴 때부터 나는 완벽주의적 성향을 지녀 왔다. 부모님이나 선생님들의 영향도 있었지만, 사실 타인과 비교하며 나 자신을 깎아내려 내가 지켜야 할 기준치들을 많이 만들었다. 또한 나에게는 암묵적으로 부응해야 하는 타인의 기대치와 그것과 별개로 이루어내고 싶은 나만의 목표가 있다. 이 두 가지를 모두 이루기 위해서는 때로는 나 자신을 버려야 할 때가 많다. 하지만 그렇다고 해서 절대로 무너지는 약한 모습을 보여서도 안 되며, 항상 여유로운 이미지를 유지해야 한다. 이 때문에 나는 남들이 보지 못하는 곳에서 어떻게든 해내려고 안달이 나 있다.

어릴 때부터 지낸 생활을 갓생이라는 말로 표현은 했지만, 사실 이런 단어는 그저 예쁘게 포장한 것이지 않을까 하는 생각을 하곤 한다. 알차고 생산적인 생활은 과연 긍정적이다. 하지만 그러한 생활을 억지로라도 살기 위해 자신을 깎는다면 갓생은 결코 좋다고 할 수 없다. 2장에서의 내 몸과 심리 상태가 그러했으니 말이다.

이번 3학년 2학기는 내 인생을 통틀어 가장 힘들었던 시기라고 할 수 있다. 이전에도 완벽주의적 성향은 있었지만, 이번에는 그 성향이 극에 달했던 시기였다. 중학교에서의 마지막 학기인 만큼 모든 일을 잘 해내야 한다는 강박감이 생겨났다. 악착같이 공부해서 처음으로 중학교 시험에서 올백도 맞아봤지만, 나에게 이런 강박을 씌울수록 나를 더욱 혹사하게 되었고, 나 자신을 더욱 울타리 안에 가두게 되었다.

마리포사(Mariposa)는 스페인어로 나비라는 뜻이다. 내가 제목을 마리포사라고 지은 것도 이 때문이다. 이번 학기의 나는 어떻게든 생존하려고 애쓰는 마리포사와 같았다. 하지만 알스트로메리아(새로운 만남), 마트리카리아(역경에 굴하지 않는 강인함), 칼랑코에(설렘), 꽃기린(고난의 깊이를 간직하다)과 같이 다양한 꽃을 찾아다니며 생존을 위한 비행이 아닌 스스로를 위한 비행을 하는 방법을 배웠다.

주변 사람들의 따뜻한 위로와 조언은 나에게 큰 힘이 되었다. 고등학교 입시를 준비하는 상황에서도 불안과 스트레스에 휘말려 있었지만, 친구들과 선생님, 가족의 응원과 격려로 면접을 무사히 마쳐 당당하게 희망하는 고등학교에 합격할 수 있게 되었다.

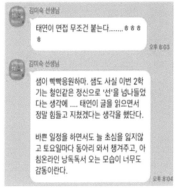
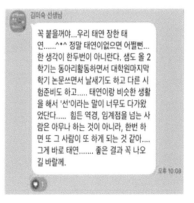

[그림 11] 합격증과 동아리 선생님의 응원 메시지

이때까지 써온 세 권의 책 모두 내 내면의 성장 이야기를 중심으로 적어놓았다. 지식적으로 성장한 부분도 많았지만, 동아리 공간만큼은 자주적인 나 자신을 펼칠 수 있는 공간이라 그런지 내면적으로 성장한 부분이 정말 많았다. 비록 이제는 중학교를 떠나 고등학교를 향해 나아가야 하지만, 동아리 활동을 통해 깨달은 내 비행 방법이라면 내가 꿈꾸는 자유로이 날아가는 마리포사가 될 수 있지 않을까?

[그림 12] 마리포사(나비)

2022년 한해 나기

[명세진]

저자 : 명세진

2022년 기준 산본중학교 2학년 학생이며, 동아리를 통해 일상에선 경험하기 힘든 색다른 일들을 겪으며 성장 중이다. 이 책을 쓰면서 중학교 생활과 동아리 활동을 함께 돌아보고 중학교에서의 남은 반년도 알차게 채워나갈 예정이다.

독서로 보는 도입기

올해 초 글로벌 심층독서반에 가입신청서를 내기 전까지의 나는 작년에 친구들과 지구가 오염되고 있음을 인식하고 친구들과 자율 동아리를 차려 두 번째 지구는 없다라는 책도 읽고 식물도 키우며 환경문제에 관심이 있었다. 그럼에도 나는 '기후 변화가 아니라 이제는 기후위기'이런 문구를 볼 때면 막연히 '일회용품 좀 그만 사용해야지'라는 생각을 할 뿐이었다.

글로벌 심층독서반에 가입한 데는 이유가 있다. 작년 조회시간 지구의 날에 영상이 송출되었는데 화면 속에 있던 사람들이 환경을 위해 이야기 나누고 자료를 만드는 게 멋있어 보였다. 그래서 이번 해에 가입하게 되었다.

글로벌 심층독서반은 과장없이 이름 그대로의 가치를 잘 지닌 것 같다. 책 한 권을 읽고 멈추는 것이 아니라 책에서 대화할 주제를 고르고 골라 국제교류를 하는 등 한국의 관점에 굴하지 않고 지구 건너편의 상황도 생각해보는 등 혜안을 업힐수 있었다. 또 과거 나는 독서를 할 때 한 페이지 한 페이지를 곱씹어가며 읽지 않고 그냥 눈으로만 읽고 한 장 넘기기에 급급했다면, 글로벌 심층독서반에 가입하며 적은 양을 읽어도 깊고 다양하게 생각해 볼 수 있는 상상력도 키우게 되었다. '양보다는 질'이라는 말은 독서에도 해당된다는 것을 나는 가입 후에야 알게 되었다.

내가 처음 가입하고 읽은 책은 A long time to water이었다. 이 책은 난민에 대해 다루고 있었는데, 주인공 Salva가 피난하는 과정에서 부모님과 생이별을 하거나, 주변 사람들이 죽거나 다치고, 마실 물 한 모금조차 없는 곳을 오랜 시간 동안 지나면서 결론적으로는 새로운 부모님도 만나고 잃어버렸던 부모님도 찾으며 어린 시절 자신과 같은 난민을 위해 헌신하는 사람이 된다는 이야기는 전 세계의 노력으로 극복할 수 있는 문제라는 긍정적 메시지를 주는 것 같았다. 이렇듯 교육적인 측면에서의 양성평등이나 물 부족 등 난민이 피난하면서 겪는 다양한 사회 문제도 잘 알 수 있었다.

대만과의 국제교류 또한 새로운 도전이었다. 코로나 이후 ZOOM이라는 매체를 통한 활동이 많아져서인지는 몰라도 방과 후 그 평범한 시간에 다른 국적의 친구들과 같은 사회 문제에 대해 발표하고 논할 수 있었다. 우리 조는 양성평등이 주제였다. 나는 양성평등을 위해 노력하는 NGO단체 KHF의 여아 학교 보내기 프로젝트에 대해 조사하며 Korea Hope Foundation이라는 단체를 처음 알게 되었다. 조사를 하며 양성평등에 대한 질문은 세이브더칠드런의 국제사업부 담당자와의 인터뷰를 통해 답을 얻을 수 있었다. 답변 중 가장 기억에 남는 건 학생인 우리가 실천할 수 있는 방법을 묻는 네 번째 질문이었다. 학생으로서 공부를 열심히 하고 조사보다는 나와 있는 자료를 잘 알면 된다는 답변을 받았다. 나는 잠시 학생이라는 신분이 할 수 있는게 제약적이다라는 생각을 했지만, 곧 그렇지 않다는 것을 알 수 있었다. 인터넷에 몇 글자만 검색해도 양성평등에 대한 다양한 의견들이 많았고, 그를 주제로 하는 도서도 많았다. 이렇게 조사하고 인터뷰한 내용을 대만의 완단 주니어 하이스쿨 학생들에게 전달하고 그들의 발표도 들었다.

'세계는 왜 싸우는가(김영미 저)'를 통해서 전쟁의 비극에 대해 재고할 수 있었다. 이 중 세상에서 가장 슬픈 다이아몬드 시에라리온은 1967년 영국으로부터 독립했으나 1991년 RUF에서 정부를 전복해서 다이아몬드를 접수하며 내전이 일어났다. 내전의 과정이 매우 처참했다. 10년간의 내전에 20만 명이나 사망했고 수 천명이 사지를 절단당했다. 총을 못 쏘게 하려고, 농사를 못 짓게 하려고 사지를 절단한 찰스 테일러의 악독함을 생각하니 유대인의 팔다리를 자른 히틀러보다 더 잔인하다는 생각이 들었다. 또 현재 시에라리온의 인구가 860만여 명인데, 20만 명이 죽임을 당한 걸 보면 당시뿐 아니라 그 후 몇 년간도 혼란스럽고 불안정했을 것 같다. 이 책을 읽으며 자국의 이익을 위한 불합리한 전쟁은 남의 일이 결코 아니고 도움을 주어야 함을 깊게 깨달았다.

활동으로 보는 발전기

글로벌 심층독서반은 방학에도 쉬지 않고 계속된다. 여름방학에 『Top secret』이라는 책을 도장중학교, 부곡중앙중학교와 함께 읽었다. 책에서 Allen은 과학대회에서 수상하기 위해 인간 광합성 실험을 준비한다.

하지만 립스틱실험이나 하라며 반대를 받는다. 그래서 비밀리에 인간 광합성 실험을 하고 결국 초록색 식물처럼 변하기도 한다. 책을 읽고 느낀 점은 편견에 갇힌 사고보다는 자유롭게 사고할 수 있어야 한다는 것이다. 되돌아보면 나도 틀에 박힌 사고를 많이 하는 많이 하는 경향이 있는 것 같은데, 방학 연합 독서 토론은 현실 세계에 한정되지 않은 생각을 해보는 기회였다. 책을 읽고 상상하는 것에 더불어, 나도 모르게 나태해지고 습관이 무너지기 쉬운 방학에 조원들과의 소통을 통해 하루하루 실천하는 삶을 살 수도 있었다.

2022 하계 연합동아리 영어독서토론 2조 Top Secret Project

What & How

name	what & how	images
산본중 명세진	During the project, I planned to study English and math, and proceeded one by one. Mostly, I made about 5 plans a day and completed about 80% of them.	수학 학원 보강 / 영어 학원 방학 특강 / 블랙라벨 심각형의 성질 풀기 / 문법 시험 50날 / 어원 강의 30강 듣기 / 세특무 / 듣네 / 누뇨 / 콧밁 / 러갑 / 영어 학원 가기 / 서럽 가서 책 사기 / 수학 주제 / 학원비 걸레

Reflections and Review

name	Reflections	Book Review
산본중 명세진	I didn't plan well before, but I was able to spend more time efficiently by making plans for the day in the morning. If I keep planning, it will become a good habit for me.	The topic of human photosynthesis is interesting. If this becomes a reality, soil pollution from the use of pesticides will also be reduced.

다음으로 글로벌 심층독서반의 활동 중 모의 유엔총회에 대해 이야기하고자 한다. 나는 모의 유엔총회에 대해 처음 들어봐서 굉장히 어려웠다. 유엔평화기념관(UNPM) 줌 연수를 통해 UN의 주요 기구에 대해서 자세히 알 수 있었고, 모의 유엔총회의의 구조도 알게 되었다. 동아리에서 진행한 모의 유엔총희의 의제는 전 세계적 기후위기 및 이상기후이다. 의제에 대한 입장은 선진국, 개도국, 피해국으로 나뉘는데 나는 선진국의 중국을 맡았다. 중국의 입장에 대해 조사하며 중국이 온실가스배출 1위이며 무책임하다는 비난을 받은 것을 알게 되었다. 또 선진국의 온실 배출로 피해국에 이상기후가 나타나고, 개도국의 개발을 저하시키는 문제점이 있어 해결될 필요도 느꼈다. 모의 유엔총화를 준비하여 상품도 고민하고 이름표 등 하나하나 신경쓰며 준비한 모의 유엔총회에서 다른 학생들과 각 나라의 입장으로 이야기할 수 있는 좋은 경험이었다. 미리 준비해 온 내용으로 발표하고 서로 의견을 내는 모습에서 준비를 많이 했다는 게 드러나는 것 같았다.

　마지막은 1515챌린지 도서 15일의 기적을 읽은 후 나의 변화이다. 이 책의 방법 중 내가 실천해 본 것은 두가지인데, 첫 번째는 6일차의 파생효과이다. 파생효과란 어떤 일이 일어나면 그 일로 인해 크고 작은 수많은 일이 일어나는 것이다.

　그럼 내가 글로벌 심층독서반에서 얻을 수 있는 파생효과는 무엇이 있을까? 먼저, 책을 읽을 수 있고, 책을 읽기 위해 아침에 일찍 일어날 수도 있고, 아침에 일찍 일어나면 자기계발에 더 많은 시간을 쓸 수 있고, 자기계발에 시간을 더 투자하면 공부도 효율성 있게 할 수 있고, 공부를 효율성있게 하면 더 큰 목표를 가질 수 있고, 그 목표를 통해 원하는 것을 이룰 수 있을 것이다.

　파생효과, 이렇게 글로 써보니 나의작은 일 하나하나가 인생 목표까지 이어지는 것을 알았다. 나는 이 파생효과에 감명을 받아 매일 아침 6시에 문제집 한 페이지씩 풀어봤는데, 한 장씩 풀다 보니 머리도 맑아지고, 머리가 맑아지니 공부가 잘되어 96점이었던 시험 성적을 100점까지 올릴 수 있었다.

　두 번째는 12일차의 공개선언이다. 혼자 머릿속으로 생각하는 데에서 멈추지 않고 공개적으로 선언해서 실천 가능성을 높일수 있다. 두 장 남짓의 공개선언에 대해 읽으며 깊게 공감했다. '아 이번 주에는 꼭 청소해야지'라던가 '아 오늘은 진짜 자습 좀 해야지'라는 생각은 수없이 했지만 실천한 것들은 손에 꼽기 때문이다. 나는 그래서 친구한테 영어단어시험을 한 달 동안 통과하겠다고 선언했다. 친구한테 매일 단어 시험 성적을 공개했기 때문에, 창피해서라도 단어를 제대로 외울 수 있었고, 외우기 싫다는 마음은 조금도 들지 않았던 것 같다.

고진감래(苦盡甘來)

올해를 한마디로 하자면 苦盡甘來(고진감래)이다. 많은 일을 했고 그만큼 많이 힘들었으며 또 그만큼 많이 행복했다. 먼저 본인은 작년 2학기에도 학급회장을 한 데 이어 올해도 1, 2학기 모두 학급회장을 맡았다. 1년하고도 반년을 반장을 하며 느낀 점이 참 많다. 올해의 반장 생활을 되돌아보면 자리가 삶을 만든다는 말처럼 타인에게 관심을 두게 되고 앞장서서 이끄는 리더의 자질을 갖추게 된 것 같다.

또 체육대회나 행사 날이면 이따금 간식도 한 번씩 돌리며 친구 관계도 발전했다. 같은 반장이지만 올해의 다른 점은 전체 학생자치회에서 서기 역할을 맡았다는 점이다. 작년에는 뭣 모르고 회의만 다니던 나는 올해 자치회에도 부서가 있으며 나름 체계적인 시스템을 갖췄음을 알았다. 서기는 여간 번거로운 일이 아닐 수 없다. 한번 모임을 가지면, 집에서 문서 양식을 채워 제출해야 한다. 양식에는 내 이름도 써넣기 때문에 대충 할 수 없다. 1년이 다 지나간 지금이야 1년 차로 문서 하나야 금방 완성하지만, 첫 회의록에는 '1.' 다음은 '1)' 다음은 '(1)' 등 기본적 틀을 지키는 것부터 행하느라 굉장히 애먹었던 기억이 있다.

자치회 생활, 1학기는 알록달록했다면 2학기는 새로웠다. 내가 축제 무대에 오를 거라고 누가 상상했겠는가! 연습시간은 턱없이 부족했고 특히 나한테만 시간은 더 야속했다. 평소 춤이며 노래며 하나도 잘하는 게 없던 나는 시작부터 막막했다. 전교생 앞에서 춤을 추라니 망신거리가 될 거라는 생각이 머릿속을 가득 채웠다. 그래도 '열심히 하는 모습이라도 보이면 훨씬 긍정적으로 보이지 않을까?' 해서 점심은 거르고 바로 연습하러 내려가고 아침에도 일찍 나와서 문도 몇 번 열어보고, 의자 나를 때 하나라도 더 옮기며 나름 발 바쁘게 움직여봤다.

본론으로 돌아와 "내 춤은 어떻게 되었냐?"고 묻는다면 나는 만족할 만큼 발전했다고 답할 것이다. 무대까지 오르는 과정에서 여러 사람과의 마찰도 있었고, 시행착오도 많았으며, 무엇보다 33명의 피나는 노력과 시간이 투자되었다. 물론 본인이 봐도 많이 부족하지만, 전체적으로 눈에 띄는 실수도 없었고, 축제 후 반 친구들의 반응을 보니 평균 아니면 상상 이상으로 잘 마무리된 것 같다.

또 올해에는 중학교 2학년 첫 시험이 있었다. 중학교 2학년이 되면 지필고사를 봐야 한다는 사실은 중학교 1학년이었던 작년부터 잘 알고 있었다. 작년에 지필고사 날이라고 단축 수업한다는 말을 들으면 당장은 기뻤지만, 그 다음에 드는 생각은 다소 암울했다. 시험에 대한 걱정은 그때부터 시작된 걸지도 모른다. 그럼에도 미룰 대로 미루고 발등에 불어 떨어져야, 그렇게 다급해야만 움직이는 나란 인간이 정신을 차리고 달력을 봤을 때는 시험이 3주 남은 시점이었다.

여기서 기가 막히는 점은 3주인 걸 자각하고서도 책 한 권만 사고 그전과 별반 다를 게 없었다는 점. 그렇게 시간을 보내다가 시험 16일 전에 정신을 다시 차리게 되었다. '첫 시험은 정말 잘 보고 싶었는데....', 난 이번 시험은 이미 글러 먹었다고 생각했다. 그렇지만, 그렇게 생각하면서도 내 생각 어딘가의 구석에서는 100점을 기대하고 있었다. 시험 공부를 시작한 나의 모습은 전과 매우 달랐다.

내 머릿속을 채우는 건 시험 생각뿐이었고 그때 나는 새로운 나를 마주하게 되었다. 책상 앞에는 불과 몇 주 전 놀고 있던 내가 아닌 여러 번 불러도 듣지도 못할 정도로 공부에 파고든 상태의 내가 앉아 있었다. 스마트폰은 바로 꺼버리고 악을 쓰며 3일 밤도 샜다. 시험 당일 나는 잠을 한숨도 제대로 못 한 채로 긴장해서 반쯤 고장 난 채로 시험을 보러 갔다.

아는 문제가 많이 나왔지만, 한 가지 걸리는 점이 있다. 왜냐하면 둘 중에 고민하다가 결국 찍은 문제가 하나 있었기 때문이다. 정오표는 생각보다 훨씬 일찍 배부되었고, 나는 놀라지 않을 수 없었다. 사전 채점 표에는 'X'가 하나도 없었다. 이렇게 기적을 맛본 나는 겉으로는 아무렇지 않은척 했지만 속내는 매우 달랐다.

　이렇게 첫 시험에서 스스로 공부한 기대 이상의 시험 결과에 동기부여가 제대로 되어 나는 시험 이후 비로소 진로를 결정하고 미래에 대한 열망과 목표를 다잡게 되었다. 지금 생각해도 내가 나에게 해준 동기부여, 내 눈으로, 내 손으로, 내 머리로 직접 느낀 이 동기부여만큼 확실하고도 강한 자극은 없었다.

　요컨대 2022년은 나에게 고진감래 즉, 쓴 것이 다하면 단 것이 온다는 뜻으로, 고생 끝에 공부한 것들이 결실을 보는 즐거움이 오며 마무리되었다.

　새해를 맞아 요즘에는 『그릿 GRIT』을 읽고 있다. 여기서 책 제목 Grit은 장기적인 목표를 이루기 위한 인내와 열정으로, 성공한 사람들의 공통점이라고도 볼 수 있다. 앞에 쓴 글의 주제가 고진감래이니 비슷한 사자성어로 그릿을 바꿔쓴다면 칠전팔기(七顚八起)이고, 칠전팔기는 일곱 번 넘어져도 여덟 번 일어난다는 말인데, 『그릿 GRIT』을 읽고 이렇게 끈기 있게 딛고 일어나려면 낙관주의자여야 한다고 생각하게 되었다. 새해를 맞아 되돌아보는 시간을 가지자면 나는 그동안 비관주의자였던 건 아닌가 싶다. 2023년에는 일곱 번 넘어지고 화내거나 울면서 일어나는 게 아니라 웃으면서 일어나는 긍정적 에너지를 가진 낙관주의자가 되어야겠다.

이 소녀는 2022년을 무엇으로 보냈는가?

[민주현]

저자 : 민주현

좋아하는 건 지구에 존재하는 모든 귀여운 것이고, 싫어하는 것은 험한 말과 계획에 없던 돌발 상황이다. 현재 17살이라는 큰 숫자에 도달한 십대 청소년이다. 슬슬 진로를 정할 때가 되었는데, 그러지를 못해 애를 먹고 있다. 100일 동안 동굴에서 쑥과 마늘만을 먹은 곰처럼 겨울방학 동안 곰곰히 생각해 당당하게 동굴에서 나올 계획을 하고 있는 중이다.

저서: 변화를 위한 하루 1%의 성장 스토리(2021)

들어가며

나는 지금 열여섯, 그 끝자락에 서있다. 며칠만 지나면 3년 간의 중학교 생활이 끝나고 고등학교 생활이 시작되는 것이다. 머물러있던 곳을 떠나기 전에, 마지막으로 나의 발자취를 남겨 본다.

나와 세상을 연결해준 국제교류

5월, 나는 대만의 아이들과 만났다. 2021년 호주의 Samuel 선생님과 했던 프로젝트의 또 다른 연장선이었다. 프로젝트를 진행하기에 앞서, 동아리에서 나는 *A Long Walk To Water*라 는 책을 읽었다. 이 책은 우리가 살고 있는 이 지구촌 어딘가 에서 벌어지고 있는 일들을 담은 책이었는데, 주로 전쟁이 남 긴 것들을 말하고 있었다.

우리 동아리의 팀과 대만 아이들의 팀은 각각 짝을 이뤄 프로 젝트를 준비했는데, 우리의 팀은 "양질의 교육"을 주제로 선정 하여 조사하였다. 양질의 교육이란 무엇이고, 양질의 교육을 위 해선 무엇이 필요하며, 우리가 우리로써 할 수 있는 건 무엇인가, 와 같은 질문들을 해소하는 과정이었다. 그 속에서 조원들과 함께 소통하고 나오는 다른 언어를 가진 대만 아이들과 교류하는 건 새롭고도 매력적인 경험이었기에, 팀장을 지원한 나는 발표회가 열린 그날까지 열정있게 임할 수 밖에 없었다.

프로젝트는 양질의 교육을 위해서 애쓰는 단체들을 조사하는 것부터 시작했다. 문맹퇴치 및 기초직업교육을 위한 디지털 교육을 제공하는 단체인 KOICA(한국국제협력단)를 조사했고, 또 다른 NGO 단체인 에누마(Enuma)를 동아리 담당선생님께서 유쓰망고(Youth Mango) 선생님의 도움을 받아 연결해 주셨다.

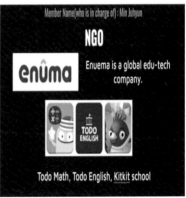

[그림 1] 코이카와 에누마(Enuma)에 대한 프로젝트 발표자료

에누마(Enuma)라는 NGO 단체는 에듀테크 기업으로 저소득층 국가 아이들에게 양질의 교육을 위해서 애쓰는 기업이다. 이때 우리 팀

에서는 내가 조장이어서 에누마 팀장님께 미리 팀원과 함께 준비한 인터뷰 질문을 하면서 질의 응답의 시간을 가졌다.

[그림 2] 에누마(Enuma)에 인터뷰 질문 및 장면

[그림 3] 에누마(Enuma) 온라인 인터뷰 장면

그때 했던 질문 중에는 '현재 준비하고 있는 프로젝트(교육 관련해서 실행할 프로젝트)가 있는지, 있다면 어떤 종류의 것인지(Are there any projects you are currently preparing related with education and if so what is it?)' 등이 있었고, 에누마

팀장님께서는 먼저 방글라데시의 로힝야 난민에 대한 이야기로 시작하셨다.

팀장님께서는 방글라데시에 거주하는 로힝야 난민들에게 제공되는 아동 교육 프로젝트에 대해서 안내해 주셨다. 방글라데시에는 미얀마 정부의 인종 탄압으로 임시 정착하고 있는 로힝야 난민들이 있는데, 이들에게 영어를 가르칠수 있는 난민교사가 교육 앱(App) 속에서 로힝야 캐릭터로 등장한다. 그리하여 보다 친숙하게 영어 수학을 배울 수 있게 하는 프로그램을 진행하였다고 하셨다.

[그림 4] 로힝야 난민을 위한 아동교육프로젝트

대만과 국제교류를 하던 도중 한 NGO 단체와의 인터뷰는 나와 세상을 연결시켜 준 의미있는 활동이었다.

쾌락의 집합, 나의 첫 토론대회

어느 날 학교에서 교내 토론대회를 개최했다는 소식이 들려왔다. 나는 관심을 가지고 알아보았다. 그건 나같은 소시민도 불 튀기는 대화의 중심에서 멋지게 의견을 주장하는 사람이 되어 볼 기회였기에. 마침 동아리의 아이들도 나와 지향하는 방향이 같았고, 나는 수월하게 토론대회 지원서를 제출할 수 있었다. 그리고 이것의 모든 걸 한마디로 정의 내린다면, 정말이지 끝내주는 쾌락들의 집합이었다.

글로벌 심층독서반 동아리 학생들로 구성된 우리 세 명은 토론대회 신청서를 내고 나서 매 주말마다 만났다. 나는 논제를 받고 난 후부터 일상생활을 하는 내내 그것에 대해 생각했는데, 그래서 우리들은 만나서 꽤나 많은 것들을 했다. "일단 조사부터, 아니 그전에 방향을 먼저 정해야지. 그것보다 논제 해석부터 해야 하는 게 아닐까?" 부터 시작해서 우리들은 오프라인으로 온라인으로 수시로 만나서 이야기를 하였다. 이것이 아마 소위 요즘 말하는 학생 자기 주도성 프로젝트나 마찬가지일 것이다. 누가 시키지도 않았는데 우리는 최선을 다해서 토론대회를 준비하기 시작하였으니까 말이다.

만약 이 모든 것을 준비하면서 모든 순간들이 하나도 빠짐없이 즐거웠다면 믿겠는가? 적어도 나는 그랬다. 찰나에 떠오른 생각을 거리낌없이 꺼내놓고, 체계적으로 분석하고, 점점 완벽해지고 있다는 생각에 신이 나던 그 모든 순간들이 즐거웠다. 다음 사진은 산본중 토론대회 주제인 "미성년자의 유튜브 활동은 바람직하다" 에 대해서 내가 변론하는 장면이다.

[그림 5] 토론대회 결승 장면

친구들과 함께 자료준비를 하면서 주제에 대해 깊이 있게 자료를 조사하고, 친구들과 한마음 한뜻으로 준비해가는 과정들이 마치 놀이공원에서 롤러코스터를 타듯 짜릿하고 행복한 순간들이었다.

이러한 배경 속에서 우리는 당당히 토론대회 최우수상을 거머쥐었다. 처음엔 얼떨떨하고 믿기지도 않았지만, 교장실을 가서 상을 받고, 상장에 적혀있는 내 이름을 보니 실감이 들기 시작했다. 그 이후부터는... 그냥 보기만 해도 좋았다. 떠올리기만 해도 좋고. 다 마음에 들었다.

나를 기록하다, 군포시 마을알기 프로젝트

    나는 이후 내 장점들을 찾아다니며 바쁘게 돌아다녔다. 예컨데 내가 군포시 백일장에 참가해 우수상을 받은 것이 그 중 하나일 것이다. 점점 나에 대해 알아가고 있다는 기분이 들었다. 그 무렵이었다. 동아리 단톡방에 그 공지가 올라온 것은? 그것은 군포시에서 주관한 '마을알기 프로젝트' 팀원을 구하는 공지였다. 나는 아무런 머뭇거림 없이 하겠다고 말했다. 곧바로 팀이 꾸려졌다. 놀랍게도 동아리 친구 한 명만 제외하고 토론대회의 멤버들과 일치했다. 나는 더욱 기대되는 마음으로 프로젝트를 준비했다.

    초기에는 구상만을 하며 약간의 탁상공론이 이어졌으나 제대로 날을 잡고 만난 그날, 모든 것이 원활히 마무리되었다. 우리는 마을 곳곳을 돌아다니며 카메라에 담았다. 혼자였다면 부끄럼에 행하지 못하였을 짓도 함께였기에 행할 수 있었다. 가령 학교 운동장의 한복판에서 "하하하! 호호호!"라고 크게 웃으며 달리는 것 말이다. 이윽고 영상이 능력있는 한 팀원의 손을 거쳐 완성되어서 나에게 왔을 때, 나는 두 눈을 크게 뜨고 침을 한 방울 떨어뜨릴 것 마냥 지켜볼 수밖에 없었다. 왜냐하면 그것은 너무나 프로의 그것과 닮아있었기 때문이었다. 나와 우리 같은 아마추어의 그것이라고는 상상할 수도 없었다. 학교에 와서 아침 방송으로 우리가 만든 영상이 전교생에게 송출되고 있을 때, 겉으로는 광장히 부끄러운 척했지만, 사실은 큰 자부심을 느꼈다. 역시 나는 나서기를 좋아하는 사람이었다. 다음 사진들은 우리가 만든 영상 속 장면들이다.

[그림 6] 우리 마을 홍보 영상 촬영 장면들

담당 선생님께서는 우리들이 열심히 하는 것에 대해서 칭찬을 아끼지 않으셨다. 이후 우리 팀은 우수상을 받았고, 우리의 영상은 다른 작품과 함께 편집되어 우리마을 홍보영상 학생 공모작으로 유튜브에 공개되었다.

https://www.youtube.com/watch?v=1Q6h0JSiIf4

[그림 7] 우리마을 홍보영상 링크 및 QR코드

마을을 홍보하기 위해서 우리는 산본중, 중앙공원, 군포시청, 청소년수련관, 산본중심상가 등을 돌아다니며 촬영을 했다. 힘들긴 했지만, 중학교 3년간의 생활과 더불어 우리마을을 아름답게 기억하고, 더 사랑하게 되는 활동이었다.

우리는 어떤 내용과 컨셉으로 촬영을 할지 정하고, 그것에 맞춰 장소의 이동노선을 정하고, 직접 촬영을 하며 영상의 장면들을 그려 나갔다. 선생님의 개입은 최소화하고 우리들의 온전한 활동이였다는 측면에서 뿌듯하고 자신감을 더 높여주는 활동이었다. 2등을 해서 교장실에서 당당하게 찍은 사진을 공개해본다.

[그림 8] 우리 마을 홍보영상 촬영지 및 수상 장면

작별 인사와 반가움 인사의 이중창

이제 정말로 내가 3년간의 중학교 생활을 졸업하는 시기가 왔다. 나는 아직도 중학교에 막 입학한 것만 같은데, 곧 징그러운 고등학생이 된다. 사실 나는 이전에 내가 몸을 담그고 있던 것에 큰 애착을 느끼기 때문에 새로운 것에는 일부러 마음을 내어주지 않으려는 경향이 있다. 그래서 초등학교를 졸업한 뒤 입학한 중학교에 많은 것을 주지 않았다. 그러나 이제는 정확히 그 반대의 위치에 서게 되었으니, 웃픈 현실이다.

확실히 산본중학교는 나에게 많은 걸 경험하게 해주었으며 좋은 사람들을 만나게 해준 고마운 존재이다. 특히 몇몇 잊지 못할 선생님들, 나는 그분들을 잊지 못할 것이다. 보잘것없던 나를 이토록 빛나게 해준 것은 내가 평생토록 갚지 못할 것들 중 하나이기 때문이다.

동아리에서 처음으로 썼던 책이 기억난다. 아마 중학교 생활에 반쯤 접어들어 권태감을 느끼고 있던 때였는데, 그 때 책을 쓰면서 나를 다시금 일깨웠었다.

https://product.kyobobook.co.kr/detail/S000060619321

[그림 9] 1년전 공저 책 시리즈 1 '변화를 위한 하루 1% 성장 스토리'

당시 '변화를 위한 하루 1%의 성장 스토리'에서 내가 썼던 내용의 목차이다. 중학교 2학년이지만, 많은 고민을 가지고 썼던 기억이 난다.

당시 내가 썼던 책을 다시 끄집어내 살펴보니, '중학교 시절 헛되이 살지는 않았구나'하는 생각을 가지게 된다. 벌써 중학교 졸업, 중학교 마지막 시절을 책을 쓰니 나의 혼란스러웠던 마음도 얼추 정리가 된다.

'그래, 걱정만 하며 애태우다 모든 걸 놓치지 말아야지. 겪어보지 못한 것을 두려워하며 살지 말아야지.'라는 마음으로 다시 스스로를 정리하고 단단한 사람이 되기 위해서 '한 걸음 더 앞서가자'라는 생각도 하게 된다.

앞서 징그러운 고등학교 생활이라고 말했는데, 징그럽다는 말은 내 스스로가 벌써 고등학생이라는게 아직은 반기고 싶지 않은 일이라 그런 것이니 오해하지 말길 바란다. 겪어보지 않는 불확실한 미래가 내 앞에 놓여져 있다. 하지만 이것 마저도 웃으며 반겨야지. "안녕! 나의 중학교, 반가워! 나의 고등학교" 라고 힘차게 외치며 다음 인사로 글을 마무리하고자 한다.

정든 내 학교에겐 작별 인사를!
다가올 내 앞날에겐 반가움의 인사를!

나의 중학교 생활

[박서희]

저자 : 박서희

2022년 산본중학교를 졸업하였으며 동아리 활동으로 스스로의 변화를 맞이하였다. 동탄국제고등학교에 진학 예정이며, 앞으로도 다양한 경험을 하면서 끊임없이 변화하고 성장하는 사람이고 싶어한다.

저서 : 변화를 위한 하루 1%의 성장 스토리(2021)
　　　 십대들이 들려주는 변화를 위한 도전(2022)

폭풍우

　나는 책을 쓰면서 다짐했던 것이 있다. 바로 솔직하게 쓰자는 것이다. 나를 포장하려 애를 쓸수록 내가 써놓은 글이 마음에 들지 않았기 때문이다. 나에게는 어쩌면 마지막으로 쓰는 책이 될 수도 있는 만큼, 이번에는 나에 대한 이야기를 솔직하게 마구마구 적으려 한다.

　이번 챕터는 내 학교 생활에 관한 이야기 이다. 중학교 3학년 2학기. 정말 바쁜 시간이다. 고입 일정 때문에 학교에서는 각종 수행 평가, 지필 평가가 마치 폭풍우가 몰아치듯 나에게 떠밀려 왔다. 사실 지금 생각해보면 어떻게 그걸 다 챙겼는지 모르겠다. 딱히 어떤 생각을 하면서 했다기 보다는 그냥, 눈앞에 해야할 일이 닥치니 했던것 같다. 한 달 간격으로 지필 평가가 있었기 때문에, 학교 진도도 빨랐고 수행평가도 기간이 짧아져 일주일 정도는 학교에서 수행만 보았다.

　시험을 열심히 준비하지는 않았다. 시험 공부에 따로 시간을 들이기 싫어서 수업 시간에 웬만한 공부를 끝내 놓고자 했었다. 하지만 이런 태도는 고등학교에 가서 공부할 나에게 바꿀 필요가 있다고 본다. 어찌 되었건 나는 폭풍우가 몰아친 데 비해, 별일 없이 학기를 마무리 했다고 이야기 하고자 한다. 좀 더 자세히 이야기하자면, 이런 폭풍우가 몰아치는데 나는 동아리 활동을 병행해야 했다. 글로벌 심층독서반, 그리고 오케스트라였다. 오케스트라 공연이 많았다. 10월에 4번 정도 있었는데 일주일에 2번 연습을 가고, 공연까지 준비하려니 학교 쉬는시간, 점심시간마저 오케스트라에 빼앗긴 날도 있었다. 시험 몇 주전까지 학원을 미루면서 연습에 참여하고 공연에 신경을 쏟았기에 성적 챙기기만 해도 버거웠다. 그래서 "글로벌 심층 독서반" 활동에 많이 참여하지 못했다.

바꾸기

　동아리 활동에 많이 참여하진 못하였지만, 나의 한 학기를 돌아보는 마음으로 무엇을 했는지 이야기해보고자 한다. 우선 동아리 전체 활동은 아니었지만, 군포시에서 주관하는 군포시 홍보 동영상 만들기 공모전에 참여하였다. 앞에서 말한 대로 폭풍우 속에 살고 있던 나였기 때문에, 공모전 참여를 두고 정말 많은 고민을 했다. 결국 결론은 '이미 정신없는거, 하나 추가된다고 뭐 크게 달라지겠어?!' 였어서 참여하기로 했다.

　힘들었지만 정말 너무 재미있게 참여하였다. 나는 영상 편집을 어떻게 하는지 모르고, 영상 제작 경험도 많이 없기 때문에 촬영하는 모든 과정이 생소하면서 신기했다. 영상 기획을 따로 자세히 하진 않았어서 촬영하면서 이런 구도, 저런 구도로 참 많이 찍어보았는데, 마치 전문 촬영팀이 된 것만 같은 착각도 들었다(ㅎㅎㅎ..). 우리는 산본중학교, 어린이도서관, 문화예술회관, 학원가, 시청, 청소년수련관, 중심상가, 중앙공원을 영상에 담았는데, 이 많은 곳을 하루에 다 돌면서 촬영했다. 지금 생각해도 조금 무모했던 일정 같지만, 이 내용을 쓰면서도 웃음이 끊이질 않는 나를 보면 힘들지는 않았나보다. 촬영이 끝나고 영상은 한 친구가 편집하여 완성하였다. 정말 그 바쁜 시기에 편집까지 맡아서 해준 친구는…. 대단하고 고마운 친구이다! 완성된 영상이 너무 마음에 들었고, 그래서 촬영 과정이 더 뿌듯하고 느껴졌다.

영상을 만들고 영상 자체는 마음에 들었지만 주제와 약간? 어긋난다는 느낌도 없지 않아 있어서 '그냥 우리끼리 브이로그 찍은걸로 하자ㅋㅋㅋ'식으로 이야기하며 입상은 기대하지 않았다. 하지만 우리는 중고등부에서 2위를 차지하였고 간식을 왕창 받았다. 문화상품권 10만원도 받았지만 그 돈으로는 문제집을 사는데 써버렸기에… 개인적으로는 간식이 더 좋았다! 상장을 받은 것도 의미있었지만 영상 제작에 참여하여 그 재미를 알아가고, 친구들과의 추억도 생겼다는 점에서 나에겐 너무나도 소중한 기억이 되었다.

그리고 모의 유엔총회를 축제 부스로 운영하였다. 처음에는 각국의 대사로 참여하려 했지만, 모의 유엔을 대충 해치우고 싶지는 않고, 그러자고 제대로 하자니 당시 상황으로는 어려웠다. 그래서 다른 친구들이 모의 유엔을 참여하는 모습을 참관하였다. 부스 운영을 위해서 동아리 부원들은 함께 모의 국제회의 교육을 받았는데 꿈이 국제공무원인 나에게는 정말 큰 도움이 되었다. 유엔 총회의 흐름, 국제기구에 관한 전반적인 내용을 알아갈 수 있었기 때문이다. 나중에 이런 비슷한 기회가 생긴다면, 참관이 아닌 참여자로서 그 기회를 잡고 싶다.

끝?

2학기 내 최대의 관심사는 이번 챕터에 드러날 것 같다. 우선 시험이 끝나고 교과목 공부는 학원을 다니는 과목을 제외하면 잠시 내려놓았다고 해도 무방했다. 학교에서도 하루종일 놀고, 집에 와서는 책을 좀 읽다가 폰을 하며 놀기 바빴다. 하지만 나는 이 시기에 계속 이렇게 지낼 수만은 없었다.

나는 국제고에 지원하고자 했다. 그랬기 때문에 기말고사가 끝나고 친구들이 놀기 시작할 때, 나는 면접 준비를 시작했다. 자기소개서는 여름방학 때부터 꾸준히 썼지만, 마음에 들지 않았고, 면접 준비는 어떻게 해야 할지 감조차 오지 않았다. 방황하였지만 자소서는 수정에 수정을 거쳐, 나름 나를 어필할 수 있는 "마음에 드는" 자소서를 완성하였고, 면접 준비는 학원의 도움을 받아 시작하였다. 자소서는 나를 설명한다는 느낌으로, 면접을 떨지 않는 방법을 연습하는 정도로 준비한 것 같다. 면접 준비를 하면서도 친구들과 놀만큼 놀면서 하였다. 면접일이 다가올 수록 마음의 짐이 늘어나는 것을 느꼈을 뿐, 흔히 주변에 보이는 밤을 세워서, 예상질문을 몇 백개씩 만들면서 준비하는 친구들처럼은 하지 않았다. 이 기간에 후회되는 점이 있다면, 면접을 핑계로 공부를 안 했다는 것이다. 면접… 남들보다 특출나게 열심히 준비하지도 않았는데 '공부는 면접 끝나고 합격하면 열심히 하자' 식의 생각이 내 머릿속에 자리 잡고 있었다. 다른 친구들은 고등 대비를 위해 과학, 국어 학원을 다니기 시작하고 있었는데 말이다. 지금 생각해보면 같은 시간이 주어졌는데 국제고를 지원하는 내가 인문계에 가는 아이들이 공부하는 시간에 놀고 있었다는 사실이 모순적이었다고 생각한다.

혹시라도 이 책을 읽는 당신이 아직 중3 기말고사가 끝나지 않았다면, 나는 기말이 끝나고 한 1~2주 정도 실컷 놀고, 다시 공부하려 마음을 잡았으면 좋겠다. 나도 많은 사람들에게 들은 말이지만 정말 알차게 보내야 하는 시기라는 생각이 들기 때문이다.

나는

　결론적으로 나는 지원했던 학교에 합격하였다. 동아리 활동 내용으로 채워진 생기부와 자소서가 학교 성격과 잘 맞아 합격할 수 있었다고 생각한다. 입학 전까지는 행복한 마음으로 공부할 수 있을 것 같아서 기분이 좋다.

　이쯤 되어서 생각해보니 동아리는 나에게 정말 큰 변화를 가져왔다는 생각이 든다. 나는 진로도 명확하지 않고, 내 생각이나 의견을 솔직하게 말하는 데에 어려움을 겪곤 하였다. 하지만 이러한 나의 단점? (문제라면 문제였던)들은 동아리 활동을 하면서 사라지게 되었다. 아니, 오히려 장점으로 바뀌었다. 지금은 당당히 내가 무엇을 하고 싶은지. 그에 대한 내 생각은 어떤지 누구보다도 자신있게 말할 수 있는 사람이 되었다 자부한다. 아직 어린 내가 이러한 이야기를 하는 것이 조금은 낯간지럽지만, 어떤 마인드를 갖고 살아가는지는 사람에게 정말 중요한 것 같다. 누가봐도 말도 안되는 일에 "일단 해봐" 식의 생각을 갖고 뛰어드는 사람의 삶이 훨씬 다채로울 것이라 생각한다. 그래서 나도 이러한 생각을 갖고 도전하려 노력하였고 그 결과 전혀 기대하지도 않았던 효과를 가져와서 나에게 행복감을 주었다. 나의 단점을 극복하고 스스로 설정한 목표를 이

른다는 짜릿함을 나는 경험한 것이다. 그 '가치관', 혹은 '생각'
덕에 말이다. 그래서 이번 책에는 현재의 "나"의 모습에 대해
적어두려 한다. 후에 변화한 나는 또 어떻게 달라졌을지 스스
로 돌아볼 수 있도록.

"나는" 현재 행복하다.
"나는" 아직 많이 게으르다.
"나는" 여전히 공부가 하기 싫다.
"나는" 고등학교 생활을 즐길 수 있을지 조금은 두렵다.
"나는" 굉장히 자유분방한 사람이다.
*(이건 내가 생각하는 "나"로, 다른 사람이 보는 "나"와는 조금
다를 수 있다.)*

  중학교에서의 3년도, 마지막 3학년 2학기 반년도 모두. 나에
게는 너무 소중한 추억이 되었기에 책을 읽는 학생들도 중학교
에서 성장하고, 변화하며 추억을 만들기를 바란다. 나는 이것이
성장과 변화를 통해 얻을 수 있는 가장 값진 것이라 생각한다.

It's For Me

[성연아]

저자 : 성연아

2023년도 기준으로 중학교 2학년이 되는 학생이다. 현재 진로를 역사교육과로 생각하고 있다. 더 나은 내가 되기 위해 나를 재규정하며 중학생 2학년을 잘 생활해보고 싶다.

저서: 십대들이 들려주는 변화를 위한 도전(2022)

나르시시즘

좀 뜬금없지만 나는 나 자신에 매우 심취되어 있다. 혹시 나르시시스트라고 아는가? 간단하게 말하면 자신에게 사랑이 빠지다 라는 것이다. 나르시시스트 신화에 대한 설명을 조금 한다면 나르키소스라는 인물이 있었는데 나르키소스는 너무 미남이어서 요정들이 고백하였지만 매몰차게 거절하였다 거절당했던 요정 중에 한 명이 복수를 하기 위해 복수의 신 네메시스에게 복수를 빌게 되어서 소원을 들어주었다. 네메시스의 저주가 발동하여서 나르키소스는 샘에서 비친 자신의 모습을 보게 되고, 자신의 모습을 다른 사람으로 착각하여 사랑에 빠져 샘만 쳐다보고 있게 된다. 그러다 결국 샘에 들어가 빠져 죽게 된다

이런 나르시시스트를 주제로 노래도 많이 나온다. 적게도 아닌 좀 많이 심취되어 있다. 사소한 일 가지고도 나에게 칭찬을 퍼붓는다. 물론 자신감을 높일 수는 있지만, 실수했을 때도 실수를 고치려 하지 않고 '에이 그래도 여기까진 스스로 했잖아!' 하고 다른 사람한테 떠넘기기도 한다. 숙제를 다 못 했어도 '에이 나중에 다 할 수 있잖아!' 하며 미루고 있기도 하다. 이런 나도 나한테 너무 웃기다.

하지만, 이런 스스로에 대한 자기 효능감이 자칫 부정적인

요소로 작용할 수도 있다. 그런 것에 대비해서 나는 나 스스로를 나르시시스트라고 하면서 이것을 긍정적인 요소로 승화시키려고 더 노력하는 중이다. 자율 동아리에서의 일이다. 동아리에서 축제 때 '모의 유엔총회'를 한다고 했다. 뭔지 모르지만, 일단은 '저요' 하면서 스스로에게 자신감을 내비쳤다. 무조건 손은 들고 보자고 했기 때문에 안되어도 한다고 가정하였다.

처음 동아리에서 모의 유엔총회를 위한 '국제 유엔 사무국'을 조직하기 위한 T/F 팀을 구성한다고 했다. 한 번도 모의 유엔총회를 해 적은 없으나 설득력 있게 잘 말할 수 있겠지. 나는 좀 천재니까라는 근거가 없는 생각이 들어서 지원했다. 1학년은 혼자였다. 잘은 모르지만, 배우면서 하고 싶은 생각이 들었다. 처음에 동아리 회장인 선배님이 모의 유엔총회 예시를 가져오고 모의 유엔에서 어떤 일들을 하는지에 관해 설명해주었다. 그때 당시 감이 잘 잡히지 않았지만, 그래도 선배님들과 함께 뭔가를 만들어간다는 생각에 뿌듯했다.

[그림 1] 유엔 사무국 모임

이후 금요일마다 모의 유엔총회를 위한 모임을 했다. 처음에
는 막막했지만, 갈수록 표면 위에 드러나는 활동들이 보였고
후에 각 나라를 대표하는 대사들을 뽑는다고 했다. 우리는 나
라별 자료를 조사했다. 주제는 동아리 회원들과 만나면서 정했
는데 생태 위기 쪽으로 갔다. 나는 우리나라의 상황을 조사하
고 우리나라의 대표가 되어서 의견 발표를 준비했다.

자신을 사랑하는 나르시시즘이 없었다면 당장이라도 벗어던
졌을 텐데, 스스로 의미부여를 하면서 일을 던져주는 내 모습
에 웃음을 띠기도 했다.

동아리 선생님께서 유엔평화 기념관과 연결하여 온라인 강의

도 듣게 해주셨다. 그날 사정이 있어서 못 들었지만, 나중에 내용을 정리해주시고 공유해주셔서 모의 유엔에 대한 정보를 얻을 수 있었다. 나처럼 잘 모르는 사람들을 위해서 모의 유엔 구성 및 회의 진행방식을 간단히 소개하면 다음 그림과 같다. 이 방식은 UN 평화기념관(https://unpm.or.kr)에서 제공한 자료를 바탕으로 우리가 토의한 것이다.

[그림 2] 온라인 모의 국제회의 교육 팸플릿

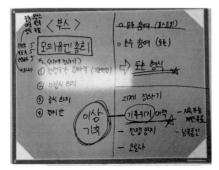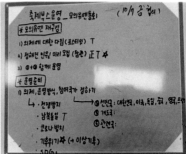

[그림 3] 모의 유엔총회를 위한 협의회

한국에 이런 기관이 있다는 것도 몰랐는데 동아리 활동
해가면서 알아가는 것도 큰 수확이었다. 우리 동아리에서
준비했던 유엔총회 준비 모습은 다음과 같다.

[그림 4] 모의 유엔총회 운영에 관한 회의

이렇게 금요일마다 모여서 준비하고 결정하는 과정을 통해서나 스스로 그 장면을 생각하고 상상하였다. 내가 마치 유엔의 대사가 된 듯한 상상으로 준비해 갔다. 드디어 10월 28일 하루 전 미리 자료 준비를 해두고 28일에 모의 유엔총회를 했다. 다음 내용은 내가 우리나라 대사가 되어서 발표한 자료이다. 나라의 대표가 되어서 개인이 아닌 국민을 대변하는 목소리를 내는 것이 관건이었다. 인터넷 조사로 이렇게 준비해서 발표했는데 처음이어서 약간 미숙한 부분도 있었다. 다음에 한다면 더 철저히 준비해서 하고 싶은 생각도 든다. 뭐가 뭔지 모르게 지나간 듯했지만, 이 활동을 통하며 느낀 점이 있다. 내가 자신의 머릿속에 다 들어있다고 생각하여서 종이에 따로 적지 않는다면 긴장되는 상황이 왔을 때 잊어버린다는 것을 나 자신 스스로 느꼈다 또한 우리나라에 대한 생태 위기에 관한 사실들을 조금은 알았지만, 더 많이 알게 되어서 뿌듯한 부분도 있었다.

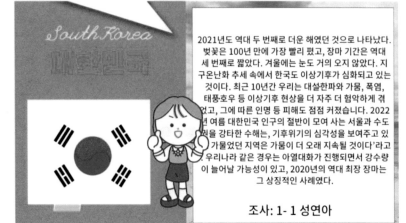

2021년도 역대 두 번째로 더운 해였던 것으로 나타났다. 벚꽃은 100년 만에 가장 빨리 폈고, 장마 기간은 역대 세 번째로 짧았다. 겨울에는 눈도 거의 오지 않았다. 지구온난화 추세 속에서 한국도 이상기후가 심화되고 있는 것이다. 최근 10년간 우리는 대설한파와 가뭄, 폭염, 태풍호우 등 이상기후 현상을 더 자주 더 험악하게 겪었고, 그에 따른 인명 등 피해도 점점 커졌습니다. 2022년 여름 대한민국 인구의 절반이 모여 사는 서울과 수도권을 강타한 수해는, 기후위기의 심각성을 보여주고 있....가물었던 지역은 가뭄이 더 오래 지속될 것이다'라고 ... 우리나라 같은 경우는 아열대화가 진행되면서 강수량이 늘어날 가능성이 있고, 2020년의 역대 최장 장마는 그 상징적인 사례였다.

조사: 1- 1 성연아

[그림 5] 모의 유엔총회 대한민국 입장에서
기후 위기 대응 방안 자료

[그림 6] 모의 유엔총회 운영에 필요한 간식 준비

[그림 7] 모의 유엔총회 나라별 대사들

　이런 활동들을 통해서 한층 더 나르시시스트로 성장해가는 모습을 본다. 아직 중학교 1학년이지만, 나의 머리는 점점 더 굵어지고 생각 주머니도 점점 커가고 있다. 주변에서는 내가 너무 잘난 사람으로 즐거워하는 것을 잘 모를 수도 있다. 하지만, 난 스스로 나르시시스트라고 규정하며 앞으로 펼쳐질 미래를 더 즐거운 마음으로 받아들이고 싶다.

Art? Art!

　당신은 예술이란 뭐라고 생각하는가? 다양한 답이 있을 수 있겠지만, 나는 '음악을 통해 나를 깨우치고 스트레스를 완화하는 것'이라고 생각한다. 이번 연도인 2022년도에는 음악 관련된 프로그램을 많이 했었다. 크게 두 가지를 했었는데 첫 번째는 꿈의 학교에서 하는 뮤지컬 수업을 했었다.

　꿈의 학교라는 곳에서 뮤지컬 수업을 받았다. 꿈의 학교는 경기도에서 운영하는 주말을 이용한 체험활동 시간이다. 꿈의 학교에서 '예술에 취하다'라는 앎의 프로그램이 있어서 신청하여 뮤지컬에 관한 내용들을 배웠었다 이게 두 번째로 배워보는 뮤지컬 수업이었다 사실 작년(2021)에도 뮤지컬 수업을 한번 받았었다 그때는 연기 위주로 배웠다면 올해는 발성, 호흡 같은 활동들을 주로 하였다.

학교 영어 시간에 영어 연극을 했었는데 뮤지컬에서 배운 것이 도움이 많이 되었다 이렇게 학교에서 배울 수 없는 내용을 배우니 좀 더 학교에서 수업할 때 도움이 더 되는 부분도 있다고 생각하였다

　두 번째는 꿈의 오케스트라 활동을 했는데 여기에서 공연들을 많이 하였다. 나는 오케스트라에서 바이올린을 담당했었다.

상반기 때는 초막골 생태공원에서 야외 버스킹(거리공연)을 했었고 하반기 때는 대니구 바이올리니스트, 홍진호 첼리스트랑 협연을 인천아트센터에서 했다. 또한 다른 학교에 가서 연주회를 하였고 마지막 활동은 정기연주회를 하며 이번 연도 오케스트라를 끝마쳤다 아래 사진들은 실제 공연한 사진들이다

[그림 8] 교외 활동에서 꿈의 오케스트라 연주회 모습 및 군포 정기연주회 포스터

[그림 9] 꿈의 오케스트라 연주 장면

꿈의 오케스트라를 한 뒤 인터뷰도 했는데, 경향 신문 온라인 포털에도 나와서 인용해 본다.

바이올린 파트의 성연아양(12)도 "합주를 두 번밖에 못해보고 리허설을 해 틀릴까봐 걱정했는데, 대니 쌤과 홍진호 쌤이 하나하나 잘 설명해주셔서 즐겁게 연주할 수 있었다"고 첫 협연을 마친 소감을 밝혔다. "그냥 음악이 좋아서" 꿈의 오케스트라에 입단했다는 연아양은 "혼자 파트 연습을 할 때와 다르게 합주를 할 때 악기와 악기 소리가 만나며 생기는 쾌감이 있다"고 했다

[발췌] 경향 신문 내용 (2022/8/21/선명수 기자)

인터뷰한 내용처럼 나는 진짜 음악이 좋다. 하지만 어른들은 또 그렇게 말한다 "음악 전공자 될 거야?" 나는 실제로 음악을 전공하고 싶은 생각이 크진 않다…. 단지 취미로 하고 싶은 것뿐이다. 취미로 하면서 공부에도 집중할 방법은 없는 걸까?

안티프래질 (ANTIFRAGILE)

안티프래질(Anttifragile) 충격을 받으면 더 강해지는, 나는 내 인생에서 경험을 가장 중시한다. 뭐든지 해봐야 그렇다고 생각한다. 행동파라곤 할까..? 나는 이번 연도에 호주 국제교류, 대만 국제교류를 진행하면서 경험이 없었기에 더더욱 준비해 갔어야 했지만, 준비가 미흡했다.

2번의 국제교류를 해보며 2번 바뀌었다. 호주 국제교류를 하고 '어라…. 사람들 말이 왜 이리 빨라? 하나도 못 알아듣겠잖아' 이러며 동아리 회장 언니에게 뭐라고 했는지 계속 물어봤었다. 그리고 나는 영어단어를 대충 외우면 안 되겠다고 느꼈고 영어학원에서 하는 원어민 수업 시간은 그냥 말하는 시간으로만 받아들이면 안 된다고 생각하였다.

대만 국제교류는 창제 동아리에서 한 거였다. 사실 글로벌 심층독서반에서도 한번 해봤긴 하였지만 나는 학원 때문에 1번밖에 참석하지 못하였다. 하지만, 2학기 창의적 체험활동 동아리에서는 정기적으로 수업 일부로 하기 때문에 다 참여하였다. 창제 동아리에선 내가 팀장이었지만, 다행히 우리 팀원들이 너무 잘해줘서 순조로웠었다.

창제 동아리에서는 이름을 국제교류반으로 해서 활동했다. 대만과의 발표회 마지막에 느낀 점을 내가 발표하였다 당일 아침에 한국어로 쓰고 번역기를 이용하였다 어떤 부분은 내가 직접 번역하였다 하지만 번역기를 너무 많이 썼던 탓인지 학교에서 쉬는 시간에 틈날 때마다 읽어볼 때 어떻게 읽는지 모르는 단어들이 2~3개 있어서 친한 친구 중 영어를 잘하는 은진이한테 물어보고 문장들을 읽을 때 어디서 뛰어야 하는지도 물어보았다 다행히 친구 덕분에 대만 국제교류 마지막 시간에 잘 발표할 수 있었다

이 일을 바탕으로 나는 앞으로는 당일에 하면 안 된다고 생각하였고 미리미리 계획을 세워 실천해야 한다고 생각하였다. 국제교류는 재밌기도 하고 특이한 경험이다. 내년에도 김미숙 선생님이 국제교류를 할 수 있는 자리를 마련해주셨으면 좋겠다는 생각을 가졌다.

갓생러(feat.한능검)

갓생이 무엇인지 아는가? 접두어 '갓'과 '인생'을 합쳐 만든 말로, 부지런한 삶을 의미한다. 사실 나는 여름방학 때 갓생아닌 갓생을 살았다 내 인생에 잊어버릴 수 없는 방학이었던 것 같다.

방학 때 놀고 싶은 마음이 너무 많았지만 전자책을 쓰고 연합 독서토론을 하다 보니 규칙적인 생활을 하게 되었다.

[그림 10] 전자책과 종이책으로 나온 책

[그림 11] 여름방학 지역중학교들과의 영어 원서 토의토론

또한 나는 여름방학을 이용하여 한능검(한국사 검정 능력 시험) 자격증도 땄다. 기본을 봤었고 실수도 많이 해서 아쉽게 5급이지만 땄다는 것에 의의를 두고 있다.

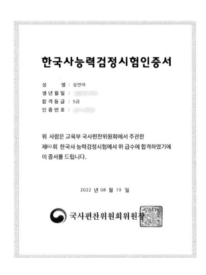

[그림 12] 한능검 인증서

준비과정도 정말 뿌듯했다 후회되지 않는 준비과정이었다. 일
단 나는 한능검을 준비하며 여름방학 목표를 다 완성하였다.

2022년 여름방학 목표
-평균 공시 7~8시간 세우기
-최대공시 9시간 이상
-한능검 기본 자격증 따기(5급 이상)

 자랑이라면 자랑이라고 할 수 있는 방학 때 쓴 플래너를 3
개만 공개해보겠다(방학에만 잠깐 씀).

[그림 13] 여름방학 때 쓴 플래너

지금 봐도 나 자신에게 너무 뿌듯하다 이번 겨울방학 때도 저번 여름방학 기록을 뛰어넘는 나 자신을 만들고 싶다.

나의 겨울방학 계획
-한능검 심화 도전(자격증 따기)
-평균 공시 8~9시간
-최대공시 10시간 이상
-영어 필기체 익히기

솔직히 말해서 이번 겨울방학 계획을 다 완성할 수 있을지는 모르겠다. 계획은 창대하지만 방학 때 귀차니즘에 사로잡힐 수도 있다. 생각만 하지 말고 실천하는 내가 되었으면 좋겠다.

모든지 I Can Do It~!

손주영

저자 : 손주영

산본중학교 3학년학생이고 영어동아리에서 든든한 선배로 후배들과 친구들과 같이 발전해나가고 있다. 또한 3-7반 부반장이고 활발하고 운동 잘하는 독특하지만 모범적인 캐릭터다.

취미: 운동하기,사진찍기,영어유튜브 보기,노래 부르기,
　　　노래 듣기
저서 : 십대들이 들려주는 변화를 위한 도전(2022)

나는야 손작가

　나는 신인작가 '손작가'다. 나에게는 〈십대들이 들려주는 변화를 위한 도전〉 책을 쓴 경력이 있다. 내가 작가로 데뷔하게 된 이야기를 하고 싶다.

　이야기는 2022년 올해 여름방학인 7월 달에서부터 시작된다. 동아리 활동을 한지 약 4개월째 되지 않은 시기였다. 짧은 기간 동안 대만교류, 영어책 1권을 다 읽으며 많은 활동을 했다. 동아리에서 알찬 시간을 보내던 중 동아리 선생님께서 동아리 책을 내자고 제안하셨다. 나는 지금까지 독서록, 논설문, 일기 등의 글을 많이 써 왔지만, 막상 책을 내기 위해 글을 쓰려 하자 어렵게 느껴졌다. 평소에 일기를 쓰듯이 편안하게 쓰면 되는데 잘 생각나지 않자 답답했고 자연스레 스트레스가 되었다.

　하지만 책을 쓰고 내는 경험은 내가 학생 시절에 접하기 어려운 일 이였다. 그러기에 새로운 것에 도전하자는 마음으로 열심히 해보기로 다짐했다. 책상 앞에 앉아 원래였다면 핸드폰을 보며 쉬던 휴식 시간을 내 인생 첫 책을 위해 투자했다. 어떨 때는 내가 생각했던 시간 보다 1시간이 더 지나있었고 당시에는 내가 12시 전에 잤는데 글을 쓰다가 시간을 보니 새벽 12시 40분이었을 때도 있었다.

물론 힘들고 어려운 과정이였다. 책을 쓰며 그동안 내가 무엇을 했는지 다시 찾아보고 정리하면서 내가 동아리에서 했던 일들이 타임라인처럼 그려졌다. 찾아보면서 내가 불과 몇 주 전에 한 것도 정확히 기억을 못 한다는 사실에 놀랐고 기록의 중요성을 깨달았다. 또 내 이야기를 써서 재미있었지만, 생각을 글로 표현하는 것이 쉽지 않다는 것을 알게 되었다.

마침내! 내 첫 책을 직접 만지며 샤라락~ 넘겨볼 때 너무 신기하고 뿌듯했다. 내 인생 첫 책을 냈다고 친한 친구들에게 복도를 돌아다니며 자랑하자 친구들이 놀라며 축하해줬다. 그리고 내 책 안의 한 면이 그 친구들의 축하 메세지로 가득 채워졌다. 나에게는 정말 새로운 경험이였고 이를 통해 '또 한 번의 도전'을 멋지게 해냈다.

이 책을 첫 걸음으로 삼아 어른이 되면 나만의 책을 써서 꼭 베스트셀러, 스테디셀러로 유명해지고 싶다.

노력은 배신하지 않는다

나는 지금까지 살아오면서 "노력은 배신하지 않는다"는 말을 직접적으로, 영상으로, 책으로 수없이 듣고 봐왔다. 어느새 나도 자연스럽게 그 말을 믿고 있었다. 내가 노력을 해서 나온 성과를 보며 이 말이 맞긴 하구나 생각했지만 이번 만큼 이 말이 내 마음 깊숙이 와닿은 것은 처음이였다.

2022년 10월 28일은 산본중학교 축제 날이였다. 축제 2주 전에 미리 축제 공연 지원자를 받고 오디션을 통해 뽑았다. 나는 공연에 큰 관심이 없었기 때문에 공연오디션을 보지 않았다. 그런데, 학교에서 학급자치회의 위원 30명에게 축제 날 춤을 춰야 한다는 임무를 주었다. 나는 3학년 7반 2학기 부반장이었고 학급자치회의 위원이었다. 남은 시간은 겨우 2주 뿐이었다. 예고 없었던 임무에 모두 혼란스러웠고 당황스러웠다.

우리가 공연 날 춤 추기로 한 노래는 세븐틴의 '예쁘다'였다. 학급자치회의 위원 총 30명이 3조로 나뉘어서 각 팀끼리 안무를 따서 연습했다. '이왕 할 꺼면 열심히, 튀게, 기억남게 하자'가 내 일명의 좌우명이기 때문에 제일 격렬해 보이는 안무가 있는 2조에 들어갔다. 솔직하게 말하면 안무를 따서 춤을 춰 본 건 초등학교 1학년 때 친구들과 반에서 춤춘 것이 마지막이였다. 사실 나는 춤 전문 선생님이 오셔서 안무를 가르쳐주는 줄 알았다. 그런데 이건 나의 순수한 착각이었다. 오직 우리의 힘으로 안무를 따고 동선을 맞추고 춤을 외워야 했다.

그런데, 위기가 찾아왔다. 공연 전주 월요일에 축제 공연 첫 리허설이 있었다. 이날은 1조, 2조, 3조가 다 같이 맡은 부분을 춤추며 축제 공연 참가자들 앞에서 리허설을 하는 날이였다. 1조가 먼저 춤을 추는데 완벽하지 않아 관련 선생님께 모욕적인 말을 듣게 되었다. 모두가 1주일 동안 열심히 준비했는데 그보다 더 오래 연습해 온 다른 공연 참가자들과 우리의 실력을 비교하자 무척 화가 났다.

우리는 이날 분했지만, 그러기에 더 멋진 모습을 보여주자는 마음으로 학교 끝나고 춤 연습을 하고 집에 돌아갔다. 리허설 다음날은 자치회 위원들끼리 서로 준비한 댄스를 점검하는 1번째 날이였다. 또 한번의 위기가 찾아왔다.

우리 조는 거의 처음 부분만 박자가 맞았지, 제일 어려운 부분은 거의 맞지 않았다. 결국 우리 조는 공연에 나가지 못할 위기에 처했다. 위기가 와야 진짜 열심히 한다는 말을 들은 적이 있는데 이때가 바로 그 순간이였다. 우리 2조에 속한 1학년 동생들은 1조, 3조 팀원들이 다 같이 잘 추는 모습을 보고 우리 조와 비교하며 낙담했다.

그래도 나는 이런 순간에 더 똘똘 뭉쳐야 한다는 생각이 들어 2조 단톡방에 안무 영상을 올리고 안되는 부분을 연습해오자고 약속했다. 또 우리가 주말에도 연습실을 빌려 연습하며 열심히 노력했기에 모두가 불타는듯한 의지로 우리의 실력을 진짜 보여주자고 서로 격려하는 문자를 보냈다. 다행히 1번째 점검 다음날, 다시 점검할 때 전보다 잘해서 공연에 나가지 못할 위기를 모면할 수 있었다. 아침 8시 20분까지 모여 연습하고 점심시간, 또 공연 1주 전에는 방과 후에도 모두 모여 맹 연습을 했다. 다른 조들과 동선을 맞추고, 노래를 틀고 처음부터 끝까지 연습했다.

드디어!! 축제날이였다!! 결과는 성공~

노래가 끝나자 뜨거운 박수 소리와 함성소리를 들렸다. 가슴이 벅차고 행복했다.

1학년과 2, 3학년 앞에서 했던, 총 두 번의 공연을 성공적으로 마치고 나니까 정말 뿌듯하고 나 자신이 너무 대단하다고 느껴졌다. 춤 중간 부분에 내가 우리팀 파트 중에 혼자 뽕 튀어나와서 브이를 하고 의자에 올라가서 두 팔을 양쪽으로 뻗으며 아슬아슬 걷는 장면(scene)이 있었다. 춤 중에 오직 나만, 모두가 바라보는데 혼자 춤을 추는 파트가 있어서 특별했고 기억에 남을 것 같다.

사실 나는 기말고사 준비를 길게 1달을 잡고 천천히 해나가는 스타일인데 이번에는 동아리 활동과 축제 공연 준비로 시험을 준비할 수 있는 시간이 2주 밖에 남지 않았다는 생각에 한편으로는 마음이 무거웠지만, 기억 남을 추억들을 많이 만들어서 행복했다. 코로나로 2년 동안 대면 축제공연을 못했는데 졸업전 3학년 때 처음이자 마지막으로 대면축제를 준비하고 친구들과 즐길 수 있어서 좋았다. 힘들고 걱정을 많이 한 축제 공연 준비였지만 그렇기에 더 기억 남고 빛나는 모습을 보여줄 수 있었다.

특히 아침 춤 연습은 힘들고 귀찮았지만 이런 활동들을 통해 1학년 동생들과 친해질 수 있었고 동아리 친구와 더 친해지고, 새로운 친구 2명을 사귀어서 좋았다. 또 연습을 하며 내가 매우 친화력이 좋다는 것을 깨닫게 되었다.

[그림 1] 축제 공연 연습

[그림 2] 축제 공연 연습때 신은 운동화 모습

위 사진은 연습실을 빌려서 축제를 위한 춤 연습할 때 같은 조 친구와 동생들과 찍은 사진과 축제공연 당일날 같은 조 친구 2명과 찍은 사진이다. 역시 노력은 우리를 배신하지 않는다는 것을 확신하는 경험이었다.

Dreams Come True

동아리 선생님께서 학생, 학부모, 교사가 다 참여 가능한 이민규 교수님의 책 〈변화의 시작, 하루1%〉를 기반으로 한 1515챌린지를 진행하셨다. 나도 도전하는 마음으로 신청했다. '15일의 기적(이민규 저)'이라는 빨간색 표지의 얇고 작은 책을 매일 아침마다 열어서 총 15일동안 그날 해당하는 부분을 읽고 미션을 했다. 사실 신청할 때는 1515챌린지가 내 삶에 도움이 될 거 라는 생각은 전혀 하지 못했다. 그런데 매일매일 나에 대해 생각해보고 나에게 질문을 던지면서 어느새 나의 삶은 이 챌린지를 시작하기 전과 180도 달라져 있었다.

나에게 제일 기억남는 미션이 있다. 총 15일차 중 나는 13일차 '데드라인' 목차가 제일 나의 삶에 큰 변화를 주었다고 생각한다. 나는 전부터 외우고 있었던 영어단어집을 다 외우고 싶었다. 그런데 그저 막연하게 다 외우고 싶다고 생각만 하자 결국은 끝까지 외우지 못하고 점점 시간은 흘러갔다. 그래서 나는 13일차날에 목표를 시작하는 개시 데드라인을 그날 기준으로 다음 날로, 목표를 마무리하는 종료 데드라인을 2주 후 수요일로 정했다. 정말 믿지 못할 결과가 일어났다. 놀랍게도 정말 다 외. 웠 .다.

사실 내가 다 외우고 나서도 얼떨떨했다. 어떤 때는 그 전날 단어를 못 외우고 밀린 것까지 다 외우느라 힘든 순간도 있었다. 내가 지금까지 미뤄왔지만 정말 이루고 싶었던 '영어 단어책 1번 다 보기' 목표를 단 2주 만에 이루자 놀라웠고 감격스러웠다. 또한 정말 뿌듯했고 나 자신에게 놀랐다.

그리고 '결심했으면 즉시 실행하라'와 '가두리 기법' 목차가 나의 삶에 큰 변화를 주었다. 내가 지금까지 이루고 싶었지만, 미뤄왔던 것 또는 하고 싶었던 것들을 할 수 밖에 없는 상황을 만들어 단 하루 만에 이루어낼 수 있었다. 남이 봐서가 아니라 남들과 함께해서 나의 약속을 더 잘 지킬 수 있었다.

챌린지 중 3일차인 장기적인 관점으로 로드맵을 그릴 때 나는 '전교 1등 하기'를 내 목표 중 하나로 썼다. 사실 열심히 노력해서 꼭 이루고 싶은 꿈이였지만 할 수 있을지 확신하지는 못했다. 2학년부터 총 6번의 중간, 기말고사를 보며 올백에 가깝게 1, 2개 틀린 적은 많았지만, 역시 올백의 벽은 높았다. 이제 남은 시험은 오직 하나 뿐이였다. 마지막 시험이자 3학년 2학기 기말고사를 준비하며 올백을 맞자는 생각보다는 평소처럼 공부했다.

첫 번째 날 시험에 3과목 다 100점을 맞았다. 수학이 대부분 내 올백을 방해하는 요소였는데 마지막 시험
이여서 쉬웠기 때문에 가볍게 100점을 받았다. 둘째 날은 모두

내가 자신 있는 과목이었다. 과학과 영어. 그런데 너무 문제를 빨리 풀어본 탓에 시험 준비를 하는데 개념이 잘 기억이 안 나면서 예감이 좋지 않았다. 그래서 결국 시험 당일 아침 6시에 일어나서 아침 공부를 했다. 중학교 마지막 시험을 후회 없이 잘 보고 가채점을 하는데 드! 디! 어! 한 방울의 비가 내리지 않는 화창한 날씨의 시험지를 보았다. 마지막 영어시험지의 마지막 문제를 채점하고 순간 울컥했다.

올백~~~ 포기하지 않는 나 대단해 드디어 전교 1등!

총 7번의 시험 동안 쌍둥이(나는 쌍둥이이다. 여기서 '쌍둥이'는 나보다 먼저 태어난 쌍둥이 오빠를 말한다)는 총 2번 올백을 맞아 정말 축하해주고 기뻤지만, 왜 나는 더 열심히 죽을 만큼 했는데 대체 나는 왜 틀릴까? 낙담한 건 사실이다. 우리 가족, 쌍둥이도 내가 올백을 받지 못해서 속상했다.

영어시험 가채점을 한 후 내가 올백을 받았다고 쌍둥이반에 뛰어가서 소리치자 쌍둥이가 오~~~하며 엄지척을 하며 수고했다고 말해줬다. 이때만큼 기쁠 때가 없었다.   이 경험을 통해 얻은 교훈은 열심히 끝까지 노력하면 'DREAMS COME TRUE'라는 것을 알게 되었다.

'중학교 시험 중 올백을 맞아서 전교 1등 한번 하기'와 함께 내가 이루고 싶었던 목표인 '중 2학년과 중 3학년 총 내신점수로 전교 10등 안에 들어서 상장받기'도 이뤄냈다. 그래서 졸업전 '한국 중등 교장협의회장상'을 받았다.

[그림 3] 졸업식 전날 받은 전교 10등 상장

이번 결과를 통해 열심히 노력하면 모든 지 할 수 있다는 자신감을 얻게 되었고 내가 중학교 때 이루고 싶었던 작지만 높고도 높았던 꿈을 아름답게 이뤄서 행복했다.

어느 날, 이 책의 공동 저자이자 내가 아끼는 동아리 동생인 2학년 재원이가 나에게 문자로 시험 공부법에 대해 알려줄 수 있냐고 물어봤다. 나는 최대한 자세히 내 공부법을 전수해줬다. 특히 산본중학교 시험특징, 각 과목당 간단한 공부방법, 효과만점 시험노트 등 사소하지만 도움이 될만한 것들을 알려주었다. 그후 덕분에 기말고사 때 원하는 결과를 얻었다고 고맙다는 문자를 재원이로부터 받았다. 조금이라도 도움이 되었으면 했는데 시험이 끝나고 도움이 되었다고 직접 문자를 보내줘서 너무 기뻤고 행복했다.

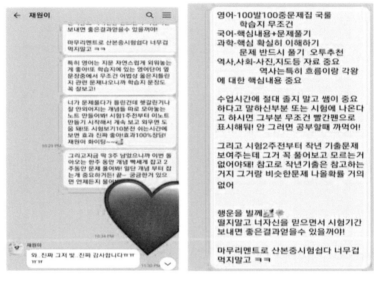

[그림 4] 재원이와의 카카오톡 응원과 격려 메시지

1515챌린지는 가장 기억남고 인상깊은 동아리 활동이자 나에게 큰 변화를 주었고 나의 삶을 발전시켰다. 매일 '15일의 기적' 책을 설레는 마음으로 오늘은 무슨 내용일지 기대하며 읽고 목표를 정해 실천하자 알차고 생산적인 하루를 보낼 수 있었다.

그리고 나의 삶에 대해, 나에 대해 깊게 생각해보고 또 성찰하며 많은 것을 느끼고 깨달았다.

1515챌린지 1기, 2기를 참여하며 많은 것을 얻었고 또 깨달았다. 그래서 3기에 또 도전하였다. 이유는 모르겠지만 솔직하게 말하면 1기, 2기만큼 의욕이 넘치고 설레진 않았다. 하지만 매일 매일 한 것을 패들렛에 올려야 하기에 시간을 투자해 생각하고 내 생각을 글로 써보자 하루에 나에 대해 생각해보는 유일하지만 소중한 시간을 가질 수 있었다. 이후에도 꾸준히 '15일의 기적 (이민규 저)'책을 열어보고 또 목표를 만들어 실천하며 계속 발전하고 싶다.

[그림 5] 1515챌린지 3기의 명예전당에 오른 나

Changes Of My Life

　나에게 올해 3학년이 되어서 가장 잘한 일이 뭐냐고 물어본다면 동아리에 가입한 것을 뽑을 것이다. 글로벌 심층 독서동아리에 들어와서 나의 삶은 정말 많이 변화하였다. 내가 등교전 아침을 예전에는 어떻게 보냈는지 기억이 안 날 정도로 아침에 책을 읽는 동아리 활동이 습관으로 자리 잡았다. 아침마다 내가 하는 루틴에 동아리 활동을 하고 학교 갈 준비를 하려면 중간에 딴짓을 하면 안 될 정도로 바쁘다. 그래도 아침에 내가 하고 싶은 동아리 활동을 하며 매일매일 생산적인 아침시간으로 하루를 시작할 수 있어서 너무 기쁘고 행복하다. 항상 알차고 생산적이고 기억남는 하루를 만들어주신 동아리 선생님, 동아리 동생들, 친구들에게 너무 고맙고 내가 이 동아리에 들어온 건 정말 큰 행운이었다고 생각한다. 고등학교에 가면 아침에 이런 소중한 시간이 없어진다고 생각하니 너무 아쉽고 슬프다.

　아침마다 혼자 책을 읽으려고 마음먹었다면 1주도 안 되어서 점점 읽지 않게 될 텐데 동아리 회원들과 같이 읽으며, 떠오르는 질문에 관해 이야기해보는 시간을 가지니까 내가 생각해보지 못한 다른 회원들의 답을 들으며 생각의 폭을 넓힐 수 있었다. 특히 나는 동아리를 통해 작은 일들을 하루에 조금씩 해나가면 큰일을 쉽게 해낼 수 있다는 것을 몸소 실천하며 깨달았고 이에 매우 놀랐다.

또 동아리를 하면서 평소에 내가 접하기 쉽지 않은 많은 일을 할 수 있었다. 특히 대만과 호주 국제교류는 다른 나라 학생들과 줌(Zoom)을 통해 서로 궁금한 점에 대해 물어보고 대화를 하는 것이 재밌었다. 그리고 많은 NGO 단체 전문가들과 줌을 통해 만나면서 세계를 바라보는 관점을 기를 수 있었고 중요한 지식들을 얻을 수 있었다.

나는 동아리를 통해 이루고 싶었던 작은 꿈이 있었다. 바로 영어를 즐기면서 꾸준히 해서 실력을 늘리는 것이었다. 아직 동아리 활동이 끝나진 않았지만 나는 충분히 이 꿈을 달성했다고 생각한다. 아침에 15분 작은 시간을 투자해 지금까지 책 3권 'A Long Walk To Water, Top Secret, 세계는 왜 싸우는가'를 읽었고 현재는 'The Giver'를 읽고 있다. 평소에 책을 많이 읽고 싶었기 때문에 강제로라도 읽도록 환경을 만들어준 동아리는 평생 잊지 못할 것이다.

동아리에서 활동하는 동안 2권의 책을 쓰며 나의 진솔한 얘기를 할 수 있어서 더 기억에 남을 것 같다. 이제 나는 새로운 사람, 새로운 경험, 새로운 세계를 만날 것이다. 3년 동안 정들었던 사람들과 정들었던 장소를 한순간에 떠나 잊기는 쉽지 않을 것이다. 새로운 것에 적응하는 것 또한 쉽지 않을 것이다. 하지만 중학교에서 배우고 깨닫고 알게 된 것을 통해 새로운 세계에서도 내 목표를 향해 나아 갈 것이다. 힘들더라도 포기하지 않고 될 때까지 하는 나의 모습을 잃지 않으며 이제는 새로운 세계로 갈 시간이다.

[그림 6] 오프라인에서 하는 동아리 마지막 날 찍은 사진

이젠 모두 안녕~~

그리고 새로운 시작을 향해 파이팅!!!!

할 수 있어~!

두렵더라도 떨리더라도

새로운 시작을 반갑게 맞이하자!

위풍당당, 나의 도전

[장준원]

저자 : 장준원

좋아하는 것: 역사, 레고

소개: 자라나는 나무처럼 위풍당당한 중2이다. 기존에 비해 배워야 할 것이 많아졌지만 영어 동아리보다 중요할 수는 없다. "나날이 발전한다"라는 생각으로 언제나 모든 활동에 성실히 임한다.

저서 : 십대들이 들려주는 변화를 위한 도전(2022)

두 번째 도전

1학기 책쓰기를 하자고 동아리 선생님께서 제안해 주셨을 때 나는 아무런 고민없이 바로 'Yes'를 했다. 그리고서 글쓰기에 집념하고 내가 생각하기에 성공적으로 잘 마쳤다는 뿌듯함에 사로잡혔다. 처음에 전자책으로 등록되고, 종이책으로 나왔을 때 주변에 있는 가족을 비롯하여 많은 사람들의 응원을 받았고 스스로도 전자책과 종이책을 동시에 발간했다는 자신감을 얻었다.

그러나 영광의 순간은 그리 오래가지 못했고 나는 이 영광이 자만감이 되지 않을까? 라는 생각에 좌절감에 빠졌다. 하지만 책집필의 영광이 진짜 자만감이 되지 않기 위해서 두 번째 도전을 또 해보고 싶었다. 2학기 역시 선생님께서 제안을 해주셨다. 이번에도 모집한다고 했을 때 바로 '저요'라고 하면서 2학기 책쓰기를 하기로 결정을 했다.

도전은 언제나 힘들다는 생각을 하게 된다. 다시 도전하면서 책쓰기 한 이후의 동아리 활동들에 대한 생각을 정리하였다. 2학기에는 1학기처럼 큰 프로젝트는 없었지만, 나름대로 나를 성장하게 해주는 활동들이 있었다. 여기에서는 두 가지를 소개해 보도록 하겠다.

70프로 도전을 위한 시간관리 프로젝트

첫 번째는 지역에 있는 중학교 두 학교와 연합으로 영어원서 독서토론 프로젝트이다. 늘 우리 동아리 학생들과만 책을 읽고 나눔을 가졌는데 다른 두 학교와 함께 하다보니, 비교가 되었다. 나의 영어 실력이 다른 학생들에 비해서 턱없이 부족함을 느꼈다. 한 페이지씩 읽어가고 이것으로 토론 주제를 정해서 나눔을 가지는데 그때마다 미리 예습을 하지 않아서인지, 영어가 힘들어서인지 발음조차 실수를 많이 하게 된 것이다.

스스로 부족함을 알기에 뭐라 탓할 수가 없었다. 하지만, 이것이 자극이 되어서 영어를 그만 두는 것이 아닌 도전할 거리로 생각하게 되어서 오히려 도움이 되었다. 독서 토론을 하면서 영어공부의 필요성을 한번 더 찐하게 느낀 경험이었다. 우리 모둠은 이름을 천지창조 모둠이라고 하고, 시간을 조절하는 방법인 Time Management Project를 일주일 동안 하면서 매일 우리 그룹 단체톡에 인증해서 올리는 것이었다.

하지만, 나는 이런 활동에 크게 도움을 주지 못했다. 매일 인증해서 올라오는 다른 친구들을 보면서 부러움만 가지고 있을 뿐이었다. 영어 독서토론 마지막날 서로 공유하고 발표할 때 나는 다음에 나오는 것처럼 나의 하루 일과표를 인증하는 것을 올렸다. 그리고 그림 옆에 내가 하는 활동들에 대해서 간단히 영어로 썼었다. 내용은 다음과 같다.

내가 이 활동을 했을 때 나는 간단한 운동을 하고, 줌에 들어갔다. 오후에는 수학과 영어 학원을 다녔다. 집에 와서 과제를 했다. 내 생각에 나는 이 프로젝트를 70% 정도 완수한 것 같다.

| 산본중
장준원 | When I did this project, I did exercise shortly, then I logged in Zoom for this club. In the afternoon, I went to math and english education center. And I did my homework at home. I thought that I completed 70% of this project. | |

80프로 도전을 위한 1515챌린지

다음에 소개할 내용은 15일의 기적(이민규 저)이라는 책을 통한 시도이다. 중학교 1학년 여름 방학이 끝난 직후에 한 15일 동안 책을 읽고 패들렛에 인증하는 챌린지였다. 동아리 선생님께서는 이것을 동아리 학생들만 한정하지 않고, 학생, 학부모, 교사 대상으로 이 챌린지를 한다고 해서 신청할 사람은 신청하라고 했다.

역시 이번에도 신청을 했다. 이민규 교수님 책인 '15일이라도 기적'으로 기적을 만들어 보고 싶은 마음도 있었다. 하지만, 역시나 의지가 약했고 하다가 그만 계속하지 못하고 말았다. 비록 다 끝내지 못했지만 그래도 나 스스로 습관을 만들고자 했던 시도가 중요하다고 생각된다. 다행이도 패자부활전의 기회가 있었다. 동아리에서 아침 책 읽는 온라인 낭독 읽기에서 이 책으로 15일간 아침마다 책을 낭독해서 읽는 기회가 찾아왔다. 그때는 빠지지 않고 아침마다 줌에 접속해서 이 책을 읽어갔다. 패들렛에 간단하게 적었던 내용을 소개하면 다음과 같다.

책을 읽고 스스로 다짐을 해보고 실천해보려는 마음을 가지고 도전해 보았다. 1기 1515챌린지는 실패했었지만, 동아리에서 아침 낭독으로 15일의 기적(이민규 저) 책을 읽어가는 내내 스스로에 대해서 다시 생각하고 마음을 다지는 기회여서 좋았었다. 데드라인에서 나는 책읽기에 대한 나의 데드라인을 설정했었다.

김미숙 2개월

13일차 데드라인

데드라인.... 여름방학때 미리봤던 것
이 다 나와서 신나게.문제를 풀었던
기억이 난다.(짧은 시간, 놀라운 집중
의 효과)
데드라인: 학원숙제를 할 때 데드라인
을 정하고 숙제를 할 때 효과를 본적
이 있음. (윤지, 동우)
OO: 수행평가 준비할때..빨리 집중해
서 마치기
는 습관을 가지고 싶다.
장준원: 1달동안 독서습관을 만들자.
10월 19일 현재부터 1달후인 11월 19
일 까지 독서하는 습관을 기르고 싶
다.

15일간 이 책으로 인한 나의 도전이었는데 점수를 부여하자
면 70%보다 조금 높은 80%를 주고 싶다. 독서하는 습관을 기
르기 위해서 지금도 아침 7시 50분이면 줌(Zoom)앞에 앉아서
독서를 한다. 이것이 1515챌린지의 연장선인 셈이다. 독서하는
습관을 기르고 싶어서 아침시간이면 지금 글을 마무리하는 시
점인 2023년 1월에도 방학임에도 불구하고 계속 줌으로 입장
해서 책읽는 습관을 이어가고 있다.

마지막 100프로 도전을 위해

1학년 동안 동아리 활동에 무척이나 열심히 참여했다. 매일 아침 7시 50분이 되면 줌을 켜 'The Giver (Lois Lowry)'라는 책을 낭독했고 심지어 코로나에 걸려서 아플 때도 빠짐없이 매일매일 아침 15분 동안 책 읽기를 했다. 책 읽기가 힘들지만 책읽기는 나를 한층 더 발전시켰다.

앞에서도 말했듯이 영어에 있어서 많이 부족하고 1515챌린지 1기도 하려고 했다가 포기하고 좌절하는 시기들도 많이 있었다. 그렇지만, 나를 붙들어주고 오뚜기처럼 일으켜 세워주는 한 가지가 있었다. 그것이 바로 글로벌 심층독서반이라는 자율 동아리였다. 매일 매일 꾸준히 하루에 15분씩 시간 들여서 영어책을 읽는다는 습관을 만들어 낸 것이다.

모든 것을 다 완전하게 할 수 없지만, 부족함에도 불구하고 꾸준하게 나를 일으켜 세워준 중학교 1학년의 활동들은 하나씩 하나씩 쌓여 마지막 100%을 위한 도전을 하게 만들었다. 아마도 지금 쓰고 있는 2번째 동아리 회원들과의 공저책 쓰기가 중학교 1학년 마지막이 될 100% 도전이 될 것이다. 나의 실패라는 좌절을 딛고 일어나 스스로의 단점을 고쳐나가는 과정에서 공저책 쓰기는 커다란 도전인 동시에 중학생도 책을 낼수 있다

는 용기있는 외침을 할 수 있도록 해줄 것이다. 그래서 나는
이렇게 외쳐본다.

"안녕, 나의 중학교 1학년!
반가워, 나의 세상!
난 100% 도전을 위해 지금 힘껏 도약하고 있는 중이야."

언제나 몇 번이라도

[전재원]

저자 : 전재원

동아리나 학교생활을 성실하고 적극적으로 참여하기 위해 노력하며, 여전히 꿈을 향한 지도를 그리고 있는 모범적인 2학년 학생이었다. 이제 중학교 3학년이 되어, 새로운 도전을 즐길 준비를 하는 중이다.

몽상가

"실현성이 없는 헛된 생각을 즐겨 하는 사람." 우리는 그들을 몽상가라고 부른다. 나는 나 또한 몽상가라는 생각을 하곤 한다. 하지만 '실현성이 없는 헛된 생각'이라는 부분은 인정할 수 없다. 이번 년도의 나의 몽상은 나 자신을 변화시켰으니까. 2학년의 나는 학원 선생님께서 써주신 글을 외워 대회에 나가는 것이 아닌, 내가 직접 쓰고 직접 수정해 더욱 많은 상의 기회를 얻었다. 수업시간에 눈에 띄지 않는 뒷자리만 선호하던 나는, 이제 맨 앞자리에 앉아 수업에 누구보다 적극적으로 참여하고 있다. 친구들과 토론 대회를 나가 최종 3위를 이뤄낸 것도 1학년 때의 나는 꿈도 못 꿀 행동이었다. 그때의 나에겐 그저 몽상이였다. 정말 실현성 없는 생각을 하고 다른 모습을 꿈꾸던 나를 결정적으로 변화시킨 그 중심에는, 글로벌 심층독서반과 노력한 내가 서 있었다. 나는 언제부터 이렇게 진취적인 사람이 되었을까. 나에게 목표라는 것이 생긴 후부터 그 목표를 위한 노력을 하기 시작하며, 나는 하루하루 변화했다.

이 동아리를 참여하게 된 계기는 단순했다. 나는 영어 원서를 자주 읽고 관심이 많았기에 주변의 권유와 홍보영상 하나로 이 여정을 시작하게 되었다. 1학년 겨울방학에 했던 독서토론

교류를 통해, 본격적으로 이 동아리의 일원이 되었다. 초반에 책을 받고 설명을 들어도 사라지지 않는 어색함이 아직도 기억에 남는다.

동아리를 처음 시작하고 나에게 주어진 일은 생각보다 나를 귀찮게 만들었다. 바로 아침 낭독 독서였다. 일어나서, 준비하고, 줌(Zoom)에 들어가고, 책 읽고, 해석하고, 감상을 말하고. 정말 귀찮은 일이였지만, 인간은 역시 적응의 동물이였다. 현재는 '왜 귀찮지?'라는 생각이 들 정도로 당연하다.

돌이켜보면 아침독서는 늘 나의 잠을 깨우는 알람일 뿐이 아니라 매일 아침 나의 말문과 생각을 깨워주는 존재였다. 참여하지 않았다면 학교 가기 전 멍을 때리거나, 핸드폰을 하며 버렸을 15분을 알차게 보내고 있다는 생각이 들면서, 이는 결국 목도 잘 안 풀린 상태이지만 누구보다 열심히 읽고, 나의 생각을 마음껏 표현할 수 있는 계기였다.

아침독서를 시작으로 동아리 활동에 적응해나가며 국제교류부터 SDGs를 주제로 하는 발표 등 나의 성장의 발자국을 찍어가며 나는 앞으로 나아가기 시작했다.

근거 없는 자신감

나에겐 정말 부끄러운 하나의 비밀이 있다. 바로, 내 오른손은 적막(Silence)을 참지 못한다는 사실이다. 조금 더 구체적으로 말하자면, 사람들이 아무도 손을 들지 않을 때, 나의 손이 저절로 올라간다는 것이다. 회장, 팀장, 제일 먼저 발표 등 나의 오른손은 참지 않는다. 이런 나의 일명 '근거없는 자신감'이 나를 많은 상황으로 이끌곤 한다.

대만과의 SDG프로젝트, 겨울방학 지역 연합 영어독서토론, 호주 교류 등 팀장을 했던 모든 상황에서, 보람을 느끼고 즐거웠던 순간들도 많았지만, 나는 늘 내가 팀장으로서의 능력이 부족함을 느꼈던 것 같다. 다른 3학년 선배들은 너무나 능숙하게 팀을 이끌어가는데, '내가 괜히 팀장을 했을까?'라는 생각도 안 해봤다면 거짓말이다. 하지만 팀원들의 도움과 협조 덕분에 힘들이지 않고 잘 해낼 수 있었던 프로젝트가 바로 SDGs 프로젝트를 할 때이다. 이때도 처음은 힘들었다. '여태껏 다른 동아리 회원들과 말도 못 섞어봤는데, 팀 프로젝트라니'라고 생각하기도 했다. 당시의 나에겐 청천벽력이었다. 그렇게 팀원들과 찬해지고 열심히 준비를 하니 그다음 갑작스러운 난관이 하나 더 있었다. 바로 발표 20분 전에 우리 팀의 발표 자료가 이상하게도 지워진 것이였다. 몇 주 동안 준비한 자료가 지워졌다는 사실을 아쉬워할 시간도 없이 우리 팀은 놀라운 협동과 기억력으로 다행히 전 자료와 똑같이 만들어내는 것을 성공했다. 그때 굉장한 유대감이 생겼었고, 현재 여전히 친하다. 이때 이후로 팀장을 하고, 팀 프로젝트를 하는 것에 대한 부담이나, '내가 못 할 까봐' 라는 걱정은 하지 않게 되었다. 서로 팀원으로서 서로를 보완해줄 수 있다는 점을 깨달았던 것 같다. 근거 없는 나의 자신감은, 나에게 인연을 가져다주고, 경험을 가져다주었다. 언젠가 근거 있는 자신감이 되기 위해, 나는 또 한번 손을 든다.

Roller Coaster

영어책을 읽을 때마다 매번 빠짐없이 등장하는 소재가 있다. 바로 '펜팔'이다. '펜팔'이란 다른 나라의 친구가 서로 편지를 주고받는 것인데 나는 예전부터 펜팔이 너무나 해보고 싶었다. 그리고 정확히 그 생각을 한 1년 뒤, 현재 나는 호주의 학생과 펜팔을 하고 있다.

어느날 동아리 선생님께서 호주의 한 학교인 Smith Hill's High School과 국제교류를 한다는 말씀을 꺼내셨었다. 그 소식을 듣자마자 굉장히 신났고, 기대되었지만 대만교류 때 와는 또 다른 상황이어서 겁이 났다. 대만은 주 언어가 영어가 아니고, 중학생이었기에 동등한 영어 실력으로 대화할 수 있었다. 하지만 영어를 하는 호주의 명문 고등학생이라니. 정말 겁이 났다는 표현이 정확했다. (이때 역시 팀장을 지원했었다.)

당일날, 누구보다 심장이 빨리 뛰기 시작했다. 떨리는 마음으로 줌을 접속하고, 들어갔는데 초면이다 보니 다들 말이 쉽게 잘 안나오는 듯 했다. 이때 나는 어떻게는 대화를 해보고 싶어서 말을 걸기 시작했고, 호주 측에서 한 명이 즐겁게 대답해주기 시작했다. 그때부터 다른 사람들도 적극적으로 묻고 답하기 시작했다. 우리의 수다는 불붙은 듯이 끊이지 않았다. 특히 나의 입이 멈추지 않았던 것 같다. 호주 측에서는 주로 우리의 교육 시스템이나 학원, 방과 후 등을 물어봤고, 우리는 교복 유무, 좋아하는 과목, 학교 규칙을 물어봤다. 시작하기 전 '문법을 틀리면 어쩌지?'라는 생각은 온데간데없이 열심히 이야기했다. 내가 여태껏 공부했던 영어와는 차원이 다를 정도로 프리 토킹은 즐거웠다.

막판에 우리의 체육복에 관해 묻자 나는 "스머프같지? 실제로 그게 별명이야."라고 농담을 던질 정도로 긴장이 풀렸다. 그때 나의 농담에 웃어주신 호주 선생님, 지금까지도 감사한 마음이다. 그날의 경험은 마치 롤러코스터 같았다. 늘 지루하던 영어를 생기있고, 생동감있게 느낄 수 있었다.

호주 친구들과 어떤 질문을 할 것인가에 대해서 우리는 한달 전부터 금요일마다 모여서 준비하고, 계획했었다. 그 계획이라는 과정이 그 때의 놀라운 경험을 있게 해 준 것 같다는 생각이 들었다.

호주와의 국제교류를 위해서 준비하는 모습

Should I love myself?

올해는 좋은 결과를 많이 일으킨 해이기도 하지만 그만큼의 슬픔과 실패도 뒤따랐던 해였다. 학기 초에 적응하는데 시간이 좀 걸렸고, 자만해서 나를 스트레스 받게 하기도 했다. 또 그에 따른 후회는 늘 꼬리표처럼 나의 뒤를 따랐다. 영어 과목은 이미 완벽하다고, 그렇게 나를 믿는다는 핑계로 중간고사를 열심히 준비하지 않았는데, 이는 정말 막심한 후회를 불러일으켰다. 바로 원했던 성적이 나오지 않았던 것. 그 때문에 반년동안 굉장히 수행과 기말고사에서 뒤바꾸어야 한다는 압박에 눌려 지냈다. 끝끝내 다시 좋은 성적을 받아 만회할 수 있었지만, 참 힘든 시간들이였다.

성공한 사람들은 늘 말한다. '너 자신을 믿고 사랑하라.', '너 자신을 알라.' 이런 말 들을 때 마다 이해가 되지 않았다. 이렇게 결점이 많은 나를 어떻게 고운 시선으로 바라볼 수 있는지. 그리고 아주 깊은 심해나 먼 우주보다 알 수 없는 건 바로 내 자신인데, 어떻게, 무엇을 알라는 것인지도. 적어도 이번 년도에 알게 된 것은, 모든 것은 내가 한 만큼이고, 어느 정도는 나를 믿어 볼만 하다는 사실이다.

나에게 일어난 좋은 일 중 한 가지는 모의 유엔총회를 들 수 있다. 나의 꿈은 좀 거창하게 들릴 수는 있겠지만, 유엔사무총장이다. 여러 외교 경험을 쌓은 뒤 끝으로 유엔에서 활동하는 것이 나의 꿈인데, 때문에 모의유엔은 나를 더 설레게 만들었다. 학기 말 무렵 동아리 회장 언니가 모의 유엔총회를 하면 어떻겠냐고 제안했다. 그래서 우리는 모의 유엔총회 준비를 했고 마지막에 모의 유엔총회를 각 나라별 정해서 기조 발언부터 시작해서 각 나라별 기후환경위기에 관한 대응방안을 주제로 총회를 했었다.

모의 유엔총회에서 프랑스 대사를 맡은 모습

모의 유엔총회에서 프랑스 대표를 맡으며 나의 가능성과 한계점을 동시에 느꼈다. 회의 주제에서는 선진국이 조금 더 불리한 상황이었는데, 프랑스의 대표를 맡은 사람으로서 의견 표현이 부족했다는 생각이 들어 '더욱 철저한 준비를 해야겠구나!'라고 생각하게 되었다. 하지만 긍정적인 면도 있었다. 그곳에 모인 사람들은 모두 소신있게 나라를 대표하려 모인 학생들이었는데, 모두 너무 열정적이여서 그 순간 함께했다는 것, 그리고 내가 몇 마디라도 의견을 펼쳐 본 것에 의미를 두기로 했다.

이렇게 나는 드라마틱하게 변화된 인간은 아니지만, 나의 나름대로 오늘도 열심히 꿈이라는 것을 향해 뛰어가고 있다. 그 과정에서 생긴 근육들도, 생채기들도, 결국 나의 성장의 일부라는 것을 나는 잘 알게 되었다.

매일 아침 동아리 줌을 빠지지 않고 참여하고, 많이 발표하고, 모의 유엔도 참여해 보고. 어쩌면 이번 년도의 내 모든 행동들은 나 자신에게 계속 신뢰를 얻기 위했던 행동인 것 같다. 웃기긴 하다.

이 글을 써 내려 가며, 2022년 페이지의 끝자락에 서서 가만히 1년을 돌아보았는데, 이번에는 '열심히 살았구나!'

라는 생각이 문득 들었다. 나의 신뢰를 찾는 여정은 꽤나 험난했다. 내년은 그러지 않을 것이라는 보장은 없다. 허나 나는 나를 믿고 있고, 이 다음에 쓰여질 어떤 문장에도 나는 더 이상 겁나지 않는다.

날갯짓

[정윤지]

 저자 : 정윤지

산본중학교 2학년이 되는 학생이다. 나쁘게 말하면 게으르고
좋게 말하면 여유로운 성격으로 하루하루를 살아가며 항상
미래를 상상한다.

시작 (Thrilling)

초등학교를 졸업하고 중학교에 들어와서 아무것도 모르는 시기인 신학기에 글로벌 심층독서반 이라는 동아리 부원모집 광고를 보았었다. 모집 시기에 이 글로벌 심층독서반의 광고를 봤다. 처음에는 그냥 무심코 지나쳤다. 중학교에 들어와서 동아리에 관한 관심이 크게는 없었다. 하지만, 이 광고를 보신 어머니가 오히려 옆을 콕콕 찌르는 것이 아닌가?

"이런 활동을 해보는 것도 괜찮을 듯하구나. 한번 해보면 어때?"라고 말씀하셨다. 워낙 이런 활동하시는 것 좋아하시는 분이고 어머니는 늘 그런 저의 모습을 지켜봐 주셔서 이렇게 한번 시작해보는 것도 나쁘지 않겠다는 생각을 가지게 되었다. 그러면서 나도 모르게 설문지에 수락'하고 클릭을 하였다. 그것이 계기가 되어 지금 이 글을 쓰게 되고 함께 책 내는 활동에도 참여하게 되었다.

신청하고 시간이 지나도 동아리에서는 별다른 연락이 없었다. 그래서 그냥 지나가는가 보다. 하고 한동안 잊고 있었다. 그런데 어느 날 동아리 담당선생님께서 우리 학급에 찾아 오셔서 'A Long Walk to Water'라는 책을 건내 주시면서 간단한 설명도 해주셨다. 하지만, 그때까지도 '어떻게 한다는 거지?'하고 궁금해하고 있었다. 다음날 바로 이해가 갔다. 진행하는 방식이 내가 그동안 생각해 왔던 것과는 달랐다.

그동안 내가 해 온 영어 공부는 오디오를 듣고 해석하고 하는 방식이었다. 책을 처음 받았을 때, '나도 이것 해석할 수 있겠는데' 하는 단순한 생각을 가졌다. 하지만, 동아리에서 진행하는 방식은 조금 더 함께 이끌고 만들어간다는 생각이 들었다.

진행하는 방식을 간단히 소개해 보면 다음과 같다.

책을 진행하는 사람이 따로 있어서 진행자가 한 명씩 읽도록 하면 한 사람씩 한 페이지를 읽어가는 방식이었다. 또 영어해석담당자가 있어서 당일 읽은 내용에 대해서 전체 이해를 도와주고 해석해 주었다. 그리고 질문과 응답으로 마무리하는 방식이었다. 질문은 그날 읽었던 내용 중 함께 토론할 만한 질문들을 이었다. 그런지의 응답시간도 생각보다 흥미로웠다. 집에서 학교 등교전 온라인으로 아침 시간 15분을 영어책 읽기로 시작하는 방식이었다.

책만 읽고 끝나는 줄 알았는데 이 책과 연결해서 대만과의 국제교류가 진행되었다. 그냥 영어 공부하듯이 책을 읽고 해석하고 마는 식이 아니라 뭔가 연결고리가 계속되는 것 같았다. 이런 새로운 방식이 낯설기만 느껴졌었다. 한 번도 책을 읽고 국제교류까지 연결되는 활동을 해본 적이 없어서 '대만 학생들과 어떤 교류를 한다는 걸까?' 라는 의구심만 있었다.

그렇지만, 빠지지 않고 지속적으로 동아리 활동을 하다보니 자연스럽게 녹여 들어갔다. 조를 일단 5개로 만들고 주제에 따라서 PPT를 만들어서 주제에 맞는 프로젝트를 진행하는 방식이었다. 각자 맡은 부분을 조사해서 PPT에 추가하는 방식이었는데 책을 더 깊이 들어가보는 것 같고 책 읽기만으로 끝나는게 아니라 더 그 주제에 관해 깊이 파고 드는게 초등학생을 벗어나 중학생이 된것 만 같았다

초등학교 이후 중학교 들어와서 나에게 있었던 가장 큰 이벤트이고 기억에 가장 많이 남는 활동이었다. 이것 말도고 다는 활동들이 더 있었다. 다른 학교와 영어책인 'Top Secret(John Reynolds Gardiner 저)'를 읽고 책 내용과 비슷하게 우리만의 비밀 프로젝트를 진행해 보았다. 우리팀에서는 'Level Up' 프로젝트를 해서 일주일동안 건강함을 유지할 수 있도록 인증하는 활동을 하였다.

[그림 1] Level Up Project 인증

나의 경우 매일 산책으로 걷기 및 뛰기 활동을 했었다. 같이 한 우리 팀원들의 프로젝트 소개하면 다음과 같다. 많은 팀원들이 줄넘기를 선택했다. 하지만, 각자의 페이스대로 조절하는 모습이 신기해 보였다.

[그림 2] Level Up Project 모둠원들의 인증 공유

    이 활동을 하면서 마지막에 공유한 내용이다. 평소 많이 걷지 못했지만, 이런 활동으로 걷게 되고, 책도 흥미로워서 기억에 많이 남는다.

It was a special time to do a project with other schools. I didn't have any time to walk or didn't think to do it. But thanks to this project, it really
helped me lot.

(이 활동을 다른 학교와 함께 한것이 특별한 시간이었다. 나는 평소에 많이 걷고 걸어야 한다는 생각을 많이 하지 못했다. 하지만, 이 프로젝트 덕택에 많은 도움을 받았다.

The book was very interesting. Allens science project was brilliant. And it was pretty scary at the end because it was said that Mrs. Green, the science teacher, became a tree or disappeared.

('Top Secret'는 매우 재미있었다. 알랜의 과학 프로젝트는 아주 훌륭했다. 마지막에 선생님이 프로젝트로 나무가 되었을지 사라졌을지 하는 부분이 약간 무섭기도 했다.)

2022 하계 연합동아리 영어독서토론 3조 Top Secret Project

Name	Reflection	Book Review
도장중 ●●●	Before, I could only exercise for a limited time. But thanks to this project, I was able to spend more time to exercise. Moreover, the teachers' guidance instructed me very easily.	This book was very informative scientively and interesting. Also, this book provided me with knowing the feeling of the characters.
도장중 ●●●	was very excited to read a book and exercise. through this time, I was able to improve my English ability too. It was a really good time for me!	I could get to know many expressions with this book. And, the topic of the book was so interesting.
산본중 ● ● ●	It was really good time to read funny book with other school's students! And i think my english book reading ability improves a lot! Also this book was easy to read and the story contains lots of imagination,so i was excited when reading.	
산본중 정윤지	It was a special time to do a project with other schools.I didn't have any time to walk or didn't think to do it.But thanks to this project it really helped me lot	The book was very interesting. Allens science project was brilliant. And it was pretty scary at the end

[그림 3] 3조의 Top Secret를 하면서 느낀 소감 및 책 리뷰

동아리 활동들이 다양했지만, 책을 읽고 질의 응답 시간을 갖는 것이 가장 기본적이지만, 나에게는 이런 동아리의 독서방식이 새로운 방식으로 다가왔다. 중학교 1학년이 거의 끝나가는 시점에 서 올 한해들 되돌아보면서 지금까지 동아리에 참여해서 활동한 것들 특히 독서활동을 포함한 많은 활동들이 중학교시절의 기억에 남는 추억들로 장식될 것 같다.

나 가꾸기

　나는 게으르다는 말을 늘 하곤 했다. 초등학교 시절 친구들은 나를 성실한 아이콘(Icon)으로 이미지 매김을 하였는데 내가 보는 나의 모습은 게으름이라는 단어를 상기시킬 정도이다. 학교, 학원 숙제를 안해서 항상 늘어져 있는 모습을 하는 것은 아니지만, 할 일이 있으면 많이 미루는 편 이다. 머릿속으로는 계획을 짜긴 하는데 실천이 잘 안되고 귀찮다라는 생각을 하게 된다. 그래서 느긋하게 숙제를 하는 습관이 자리잡고 있다. 한 번에 이런 습관들을 고치려고 하니, 나에게는 힘든 과제로 다가왔다.

　하지만 중학생이 되고 난 후의 내 모습은 초등학생과는 달라야 한다는 것을 알고 있다. 초등학생 때는 일을 미루고 대충대충했다면 지금은 최소한 결과라도 완벽해야 하고, 최소한 선생님께 칭찬이라도 듣고 싶었다. 1학년은 시험을 안 봤지만 수행평가가 초등학교때와는 정말 많이 달랐다.

　예전엔 그냥 배웠던 내용으로 시험을 봤다면 지금은 그걸 가지고 노래를 만들기도 하고, 영상을 만들기도 하고 팸플릿을 만들기도 했다. 또 연극도 해보고 랩도 만들어 봤다. 확실히 중학교에 올라오니 창의력이 많이 필요했다. 또 자료 조사해야 될 것도 굉장히 많아졌다. 항상 수행평가를 준비할 땐 왜 항상 내가 들어간 팀은 '이렇게 잘 안 풀릴까' 라는 생각이 많이 들었다.

내가 느끼기엔 다른 팀들은 다 잘하고 있는 것 같은데 내가 속한 팀은 계속 제자리인 것같아 보였다. 그러면서 혼자 내 탓을 많이 했다. '아 역시 내가 게을러서 그런가? 미리미리 준비하고 연습하는게 제일 좋긴 한데...'라고 생각을 많이 했다.

사실 나도 성실해지도 싶고 할 일 다 끝내고 놀 시간 충분히 갖고 싶다. 누가 그러고 싶지 않겠는가! 세상에 학원 가기 1시간 전에 숙제 다급하게 하고 그러다가 다 틀려서 선생님께 혼나고 싶은 학생은 한명도 없을 것이다. 나도 초등학생때처럼 '부지런하고 성실하다'라는 말을 가끔씩은 듣고 싶었다.

그런데, 그런 나를 바꾸게 하는 힘이 생겼다. 바로 아침 8시다. 지금은 7시 50분으로 10분 당겨졌지만, 1학기에는 아침 8시였다. 저녁에 아무리 빨리 자도 아침잠이 많아서 난 늘 피곤한 상태였다. 그런데 아침 8시 눈을 뜨고 줌(Z00m)으로 접속해 들어가는 일은 나에게 많은 변화와 영향을 가져다 주었다.

한국어도 아닌 영어를 매일 아침 15분씩 한다는 것은 사실 꽤 힘든 일이다. 어쩌면 숙제를 몰아서 한다는것보다도 15분이라고는 하지만 모아두면 긴 시간이다. 글로벌 심층독서반처럼 책 몇권을 읽어볼 수도 있는 시간이고 다른 일을 해도 꾸준히 한다면 짧은 시간은 아닐 것이다.

　아침 15분씩 책을 읽는 것만으로도 많은 다짐을 하게 만들었지만 가장 많은 변화를 가져다주게 한 것은 '15일의 기적(이민규 저)'이라는 책에서였다. 이것을 따로 1515프로젝트라고 해서 희망하는 사람들을 모집해서 하기도 하였다. 15일간 각기 다른 주제를 두고 나 자신을 성찰하고 가꿔 갈 수 있게 하는 프로젝트였다. 사실 난 이런 것도 꾸준히 할 만큼 부지런하지 않았다.

　그래서 1515프로젝트를 시작할 때 참여를 못했다. 그렇지만, 동아리에서 아침 시간에 이 책을 다시 접할 기회가 생겼다. 아침 낭독시간에 이 책으로 15일간 진행했었다. 나는 이 책을 읽는 15일을 1515챌린지라고 생각하며 나 스스로를 알아가는 시간으로 잡았다. 아침시간에 이 책을 읽으면서 실제로 꽤 많은 생각을 하게 되었다.

　책에서 하는 말은 어쩌면 당연하였지만, 또 다른 새로운 방식이었다. 목표를 정하고 그 목표를 향한 로드맵을 그리고 그 목표를 실천하기 위한 계획을 만들고 만든 계획을 부지런히 실천하는 것이다. 머릿속으로는 항상 생각한다. 단지 실천하기가 어려울 뿐이다. 지금 당장 실천하지 않아도 그런 마음가짐을 가지고 있는 것만으로도 나중엔 꽤 많은 영향을 줄 수 있을 것으로 생각한다. 어떻게 보면 자기 합리화 같을 수도 있겠지만 사람이 하루아침에 바뀔 수는 없으니까 나름 나만의 최고의 방법이라고 생각한다.

한 번씩 필요할 때 책을 보면 힘들 때 나 자신을 자책하지 않고 되돌아보는 시간을 가질 수 있을 거 같다. '15일의 기적'이라는 책으로 15일간 책에 있는 나눔을 하면서 동아리 시간에 맞춰 빨리 일어나는 힘도 어느 정도 길렀지만 정말 앞으로의 진로에 대해서도 많이 생각하기도 했다.

나는 아직 꿈이 없다. 초등학생 때는 정말 이것저것 많이 해보고 싶었지만, 중학생이 되고 좀 현실적이게 생각하다 보니 점점 모든 게 다 재미가 없어 보였다. 아무리 지금의 내가 초등학생 때와는 달라야 한다고는 하지만 초등학생 때의 자유로움과 상상력을 가졌던 과거의 내가 부럽기만 하다.

빨리 진로를 정하고 그 장래 희망에 맞게 내가 움직여야 한다고 생각했는데 15일의 기적' 책을 읽으면서 장래희망에는 어느 정도 나의 취미나 관심사가 기반이 되어야 한다는 생각을 할 수 있게 되었다. 이 책을 통해서 나를 좀 더 성실한 방향으로 이끌었지만 조금 더 나를 소중하게 생각해야 한다는 힘도 길러졌다.

나를 가꾸고 성찰하기 위해서는 우선 나를 알고 끊임없이 연구해야 한다. 내가 나를 연구한다는 게 웃기게 들리겠지만, 나는 하루가 다르게 성장하고 바뀐다. 그런 나를 내가 가장 잘 알아야 한다.

아무리 남이 나와 가까운 사이고 나를 잘 안다고 해도, 내면의 진실까지 아는 건 나밖에 없다. 나 자신을 알지 못하면 내가 너무 게으르다는 고민도 할 수 없고 나를 성찰할 수도 없고 내가 미래에 하고 싶은 것도 알 수가 없다. 정말 확실한 건 이번 프로젝트를 통해 나를 더 소중히 하고 내 생각을 존중하는 시간이 된 것만은 분명하다.

줌아웃(Zoom Out)

   나는 내가 그래도 걱정없는 세상에 살고 있다고 생각한다. 아직 어려서 뭘 잘 모르긴 한다. 정치, 경제, 종교 등 시사적인 것들에 대한 것도 정확히는 잘 모른다. 그저 다른 나라에서 내전이나 자 잘한 전쟁들이 있는 것 정도만 알고 있었다. 팔레스타인과 이스라엘, 카슈미르, 그리고 아프리카의 내전들, 그런 건 학교에서 어느 정도 다루니까 대충은 알고 있었다. 그런데 꼼꼼하게 잘 알지 못했던 것을 처음 한글책인 '세계는 왜 싸우는가(김영미 저)'라는 책을 읽으면서 조금씩 생각의 근육이 키워졌고 세상에서 벌어지는 일들에 관해서도 관심을 가지기 시작했다.

   그 책에서는 세계 여러 곳곳에서 일어나는 전쟁들에 대해서 자세하게 다루고 있었다. 내가 모르는 이야기들이 많을 거라고는 알고 있었지만, 자세하게 다뤄보니 정말 가슴이 아프고 참혹한 이야기들이 많았다. 그 중에선 종교 문제로 싸우는 나라들이 많이 나왔다. 이슬람교나 힌두교같이 여성들의 인권이 잘 보장되지 않는 나라들에서 명예 살인 같은 문제를 다루는 부분도 있었다. 명예 살인, 이름부터 말이 되질 않는다. 명예를 위해 사람을 죽이는 건 그냥 명예 같은 것과 관련 없는 분명한

살인이다.

아무리 그 나라, 그 종교만의 문화가 존중받아야 한다고 해도 그것은 사람의 생명을 무시하는 잔인한 짓이다. 우리나라는 그런 종교를 강요하지 않는다는 게 처음으로 다행이라고 느꼈다. 이런 끔찍한 일들이 세계 나라에서는 많이 일어나고 있었다. 아프리카의 많은 나라들은 내전이 아직까지도 많이 일어나고 있는 곳이다. 그래서 사실 그런 것들은 많이 와닿지 않을 줄 알았는데 자세히 다뤄보니 생각보다 무서웠다.

우리나라의 경우도 남한과 북한이 갈라져 있고 아직 휴전중인 유일한 국가라는 사실이 정말 실감 난다. 언제 어디서 전쟁이 일어날지 모른다. 우리나라도 평화와 안보를 생각하지만, 아직도 분단국가로 자리하고 있다. 학교에서 통일교육도 하고 세계평화에 대한 주제도 다루지만, 지금 이 시기에 전쟁은 말도 안 된다고 생각해 왔었다. 그런데, 러시아와 우크라이나 전쟁을 보면서 많은 걱정이 들었다. '세계는 왜 싸우는가(김영미 저)'라는 이 책의 제목처럼 전쟁, 분쟁 등 우리의 생명을 위협하는 이런 행위들이 왜 일어나야 하는가? 에 대해서 진지하게 고민해 보는 계기가 되었다. 자신의 이익이나 이권을 챙기기 위함이 아닌가? 이런 생각을 하다 보니, 교실 상황에서도 이런 것으로 인해서 자잘한 다툼, 갈등도 생기고 결국 싸움으로 번지는 것과도 연결이 되었다. 작은 평화가 큰 평화를 만든다. 우리

주변, 가족, 친구 등과도 싸움이 아니라 평화를 전해주는 평화주의자가 많으면 세상은 그렇게 싸우지 않아도 될 것이다.

내가 이 책을 읽으면서 가장 놀랐던 부분은 소말리아 해적이었다. 동화나 영화에서만 봤던 해적은 당연히 다 없어진 줄 알았는데 지금 실존하고 있다고 해서 정말 충격이었다. 사실 영화나 만화에서 나온 것만 보면 그렇게 나쁘진 모르겠고 재밌고 때때론 멋있다는 생각도 했었는데 실존하는 해적들을 보니까 꽤 심각한 문제인 것 같았다. 21세기의 최첨단 시대에 배를 타고 사람들을 괴롭힌다고 생각하니 정말 어리석고 또 조금은 가엽게 느껴지기도 했다.

또 어디선가 조금 들었던 적이 있었던 이스라엘과 팔레스타인의 영토 문제에 대해서도 조금 더 생각하게 되었다. 이스라엘 사람들이 오래전 떠났던 땅을 팔레스타인들이 아주 오래 살고 있었는데 이스라엘 사람들이 다시 찾아와 땅을 빼앗았다고 한다. 이러면서 영토분쟁이 시작되었는데 그러면서 팔레스타인의 영토가 점점 이스라엘의 것이 되어갔다. 팔레스타인사람들이 나오지 못하게 가두어 두고 각종 무기들로 위협해갔다. 여기서 쓰이는 무기들이 위험하다는 것이다. 뭐, 세계에 무기들은 모두 위험하긴 하지만 이것들은 더더욱 그랬다. 이런 분쟁으로 피해보는 것은 당연히 시민들이 될수 밖에 없는데 그런 일들을 들으면 걱정이 되기는 하지만 막상 내가 할 수 있는 것들이 생각나지 않아 막막할 때도 있다.

TV를 보면 아프리카의 나라들 중 살아가기 어려운 사람들을 보여주면서 후원을 해 달라는 광고들이 많이 보인다. 나는 부모님 밑에서 그래도 평범하게 살아가고 있어 주위에 이런 사람들이 없어서 많이 와닿진 않았다. 하지만 세계, 그리고 심지어 우리나라에도 하루 살기가 어려운 사람들이 넘쳐난다. 우리는 우리 삶에만 초점을 두고 살아간다. 그래서 TV에 그런 광고들이 나와도 대수롭지 않게 넘기곤 한다. 하지만 조금 멀리서 보면 세계의 도움이 필요한 사람들이 많다. '세계는 왜 싸우는가'를 읽으면서 직접 후원을 해주거나 캠페인을 해주거나 할 수는 없더라도 최소한 이런 세계 여러 나라들의 이야기들은 알아둬야겠다고 생각했다.

아침 마다 책 읽기 시간을 통해서 세계는 왜 싸우는가를 읽고 많는 깨달음에 대해서 동아리 회원들과 마무리로 느낀 점들에 관한 이야기들을 한 적이 있다. 동아리 선생님께서는 이 책을 다 읽고 우리들이 세계평화를 위해서 어떻게 노력하면 좋을지에 대한 의견을 물으셨다. 거기에서 나온 내용들을 소개해 본다.

[그림 4] 세계는 왜 싸우는가 책을 읽고 세계평화를 위한 나눔1

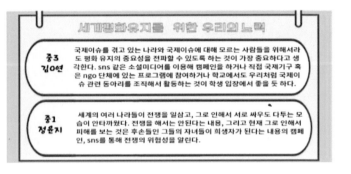

[그림 5] 세계는 왜 싸우는가 책을 읽고 세계평화를 위한 나눔2

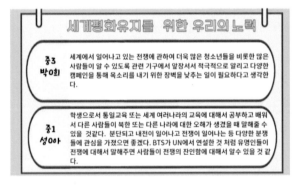

[그림 6] 세계는 왜 싸우는가 책을 읽고 세계평화를 위한 나눔3

학생 신분이지만, 우리 선에서 할 수 있는 일들에 대해서도 생각해 볼 수 있는 좋은 계기가 되었다. 독서토론은 줌인 (Zoom In) 하면서 집중적으로 몰입감을 가지고 읽고 생각도 많이 하는 생각 근육을 단단히 하기 위함이다. 하지만, 이것을 세상으로 나가, 생각한 것을 이루기 위한 실천을 열심히 해야 하는 것이 우리들의 임무인 것 같다. 이젠 세상 밖으로 줌아웃 (Zoom Out)하는 생각만 하는 것이 아닌 실행으로까지 이어지도록 노력해야겠다.

이렇게 전자책과 종이책을 내기 위한 글을 쓰는 것도 줌아웃 (Zoom Out)하기 위한 나의 노력이라고 생각한다. 내가 가진 생각을 안으로만 가지고 있기보다는 당당하게 내 목소리를 내고, 애벌레에서 나와 나비가 되는 과정에서 있는 힘듦과 고충도 견디면서 빠져나오는 과정이 바로 성장이다. 성장통 없는 성장은 없다. 이제 중1이지만, 앞으로도 스스로의 울타리에 갇혀 있지 않고 그 울타리를 걷어내 줌아웃(Zoom Out)하여 세상 밖으로 나올 수 있도록 해야겠다.

내가 만난 글로벌 심층독서반

[한지민]

저자 : 한지민

2022년에 처음 글로벌 심층독서반 동아리에 가입해 아침독
서와 함께하고 있다. 공부와는 거리가 멀고 예체능만 좋아하
는 학생이지만 나 자신을 바꿔보려 노력한다. 항상 방황 중에
꿈을 찾고 있다.

자존감을 높이는 심층독서반과의 만남

1학년 겨울방학 즈음에 글로벌 심층독서반이라는 동아리학생을 모집한다는 내용의 설문지 링크를 문자로 받았었다. 그래서 동아리 활동이 어떻게 이루어지는지도 궁금하기도 했고, 아침 시간을 이용한다는 것이 좋은 습관잡기에도 도움이 될 거란 생각을 했다. 그래서 1학년 겨울방학때 동아리에 가입을 했었다.

2021 겨울방학 글로벌심층독서반 동아리 학생 모집

2021년도 겨울 방학 동안 도장 중학교와 함께 A long walk to water(Linda Sue Park) 이라는 책으로 1주일 간 영어 독서 토론을 하고자 합니다. 2022.1.11(화)~2022.1.17(월) 아침 8-9시 일주일 간 온라인 독서 토론을 운영한 후 외국어공감학생동아리인 '글로벌심층독서반' 이라는 자율 동아리 활동을 꾸준히 할 학생을 모집합니다.

방학기간에는 8시에서 9시까지이지만, 평소에는 7시 50분부터 아침 15분 독서를 한다는 내용이었다. 아침 7시 50분에 들어가려면 7시 30분 정도에는 일어나야 한다는 것이 부담으로 다가왔었다. 고작 20분 차이인데도 스스로 걱정을 먼저 앞세웠다. 하지만, 동아리 활동을 하면서 알람을 7시 30분에 맞춰두고 줌(Zoom)으로 온라인 독서모임에 들어가서 지속적으로 참여하였다. 아침 시간에 시간에 맞춰 들어간다는 사실에 스스로도 할 수 있다는 사실에 많이 놀랐고, 스스로가 대견스러웠다. 나 스스로에 대한 자존감을 높일 수 있는 글로벌 심층독서반에 입성했다는 것이 너무도 대견하고 이런 기회를 마련해 준 동아리에도 너무 감사했다.

우물파는 아이들 (A Long Walk to Water)

동아리에서 처음 읽은 책은 'A long walk to water'라는 영어 원서 책을 읽었다. 같은 지역에 있는 다른 중학생들과 함께 책을 읽어갔다. 진행은 한 사람이 한 챕터씩 맡아 그 챕터에 해당하는 단어와 그 챕터를 해석해 와 모임때 발표하는 형식이었다.

도장중학교 학생들과 함께 영어 독서토론을 하기 전에 우리는 미리 책을 한 챕터씩 맡아서 낭독을 하였다. 내가 맡은 것은 17장이었다. 미리 읽다 보니, 사전학습을 할 수 있어서 내용 이해에 도움이 되었었다.

하지만 방학동안 진행하면서 나는 다른 일들을 핑계로 우리 팀에서 같이 하는 팀별 과제를 다 완성하지는 못했다. 여러 고비를 넘기고 영어원서를 방학기간 동안 한 권 읽어보니 뿌듯하다는 생각을 가졌다. 한글로 된 책은 읽기도 쉽고 영어원서에 비해 자주 읽지만, 영어원서는 거의 읽어본 적이 없었기 때문이다.

가끔은 집중을 하지 못하고 온라인으로 이루어지는 거여서 최선을 다하지 않을 때도 있었다. 특히, 처음 하루 이틀 동안 영어 원서를 처음 접하다 보니, 내용이 눈에 잘 들어오지 않았다. 그래서 가끔 옆에 있는 스마트폰에 눈이 가기도 하여 스스로도 반성의 시간도 가져본다. 책은 나에게 있어서 간절함이 있고, 그로 인해 더 열심히 하겠다는 동기가 있을 때 적극적으로 참여하게 된다는 것을 느낄수 있었다. 그래도 일주일 동안 영어 원서를 끝까지 읽었다는 자신감은 나에게 작은 성공을 경험했다는 자신감을 안겨주었다.

혼자가 아니라, 동아리에서 같이 읽은 책이었지만, 영어원서 한 권을 끝까지 다 읽어봤다는 사실에 스스로도 감탄을 하였다. 일주일간의 영어 책읽기로 많은 영감을 받았는데, 이 책(A long walk to water)으로 3월부터 동아리에서 아침 낭독을 이어갔다. 아침 시간 15분 동안 2페이지씩 읽고, 해석하고 의견을 나누는 시간을 보내다 보니 거의 4달이 걸려 천천히 씹어 읽기를 마칠 수 있었다.

일주일이면 다 읽을 얇은 책을 이렇게 천천히 읽어나가니 책 속 주인공과 이야기를 하며 생각을 정리해 갈 수 있었고, 책에서 끄집어 낼 수 있는 다양한 주제에 대해서도 생각할 수 있었다. 책속에 담긴 전쟁 이야기, 그로부터 발생하는 난민 그리고 물부족으로 인한 내전 문제, 교육의 불평등 문제, 인권 등 지구촌에서 일어나는 여러 문제점들이 눈에 들어왔다. 처음 동아리 활동을 하면서 스스로 지구촌의 여러 갈등 문제들에 대해서 진심으로 고민을 하기 시작한 때여서 나를 한층 더 성장시켜주는 계기가 되었다.

호주 국제교류

상반기에 대만과의 국제교류를 마치고 2학기에는 호주와 국제교류를 준비해갔다. 상반기의 대만 국제교류는 긴 호흡으로 가는 거였는데, 방과후 마다 다른 일과 겹쳐서 제대로 활동하지 못했다. 하지만, 2학기 호주와 국제교류를 한다는 말에 내심 반가웠다. 단 한 번의 만남이었지만, 만나기 전까지 거의 한 달 동안 매주 금요일마다 그 만남을 위한 준비를 해갔다.

우리 학교에 대해서, 그리고 나에 대해 잘 설명할 수 있도록 정말 여러 번 생각하고 준비해왔다. 드디어 호주 국제교류 당일! 9월 17일 월요일이었다. 방과 후 학교 디지털교과실(동아리 활동을 주로 했던 장소)에서 패드로 줌에 접속하여 호주 학생들과 만났다. 처음엔 선생님께서 진행해주셔서 쉽게 이루어졌지만, 나중에 학생들만 모여 대화를 처음 나눌 때에는 서로 누가 먼저 말을 하나 눈치를 보느라 매우 조용하고 긴장됐다.

사실 나는 영어를 잘하는 편이 아니라서 먼저 말을 꺼내고 싶었지만, 말을 할 수 없었다. 다행히 호주 선생님께서 호주 학생들을 소개해주시고, 이어 우리 동아리 학생들도 소개를 할 수 있게 도와주셨다. 소개가 끝난 후 또 다시 정적이 있었지만, 이 조용함 가운데 먼저 말을 꺼내 준 호주 친구가 있었다. 그 친구는 정말 활발하고, 말이 많은 친구로 보였다. 또, 호주 학생들과 우리 동아리 학생들이 서로 질문하는 시간을 가졌는데, 한국의 학교, 한국 학생들의 공부, 사소하게는 잠에 드는 시간까지도 서로 질문하고 공유했다.

개인적으로 무거운 주제의 발표와 약간의 호응으로만 이루어졌던 대만 국제교류 때 보다 가볍게 대화를 나누는 호주 국제교류가 더 편하고 재미있었다. 인터넷으로는 쉽게 알기 힘든 상황을 호주에 있는 학생들의 생생한 의견들을 듣고서 우리나라와 세계를 다시 한 번 더 생각할 수 있었다. 한 번의 만남이 너무 아쉬웠는데 이렇게 편안하게 같은 또래의 아이들과 이야기를 나누고 학교 현장에 대한 것들을 자유롭게 말 할 수 있는 기회가 있다면 국제교류에 더 참여하고 싶은 생각이 있다. 정말 좋은 기회였다는 생각이다.

호주 친구들을 만난 건 하루였지만, 그 전에 패들렛으로 서로 자신을 소개하는 글을 올렸었다. 간단하게 자신을 소개하고 궁금한 점들에 대한 것도 미리 준비를 해왔었다. 당시 나의 소개를 패들렛에 이렇게 올렸었다. 하지만, 당일 호주 친구들에게는 상호 한국말로 자신을 소개하였다. 우리는 호주 친구들이 잘 이해할 수 있도록 천천히 자신을 소개하였고 그쪽 친구들도 연습을 많이 한 듯이 한글로 자신을 소개하는 부분이 인상적이었다.

한글로 서로 자기 소개를 하는 시간을 마치고 영어로 각자 학교생활에 대해서 묻고 답하는 시간을 가졌다. 언어를 통해서 상호 교류를 하고 서로를 알아가는 시간들이 소중하고 비록 90분간의 만남이었지만, 잊을 수 없는 좋은 추억으로 남겨질 것 같다.

1515챌린지

2학년 2학기를 시작하자마자 1515챌린지를 동아리 선생님이 홍보해주셨다. '15일간의 기적(이민규 저)'을 매일 한 챕터씩 읽고 인상적인 문구, 질의응답, 느낀 점 등을 적어서 패들렛에 인증하는 활동이었다. 동아리 학생들 이외에도 전교생 중 신청한 학생들, 학부모, 교사가 함께 할 수 있는 활동이었다. 나도 신청해서 15일간 유튜브로 이민규 작가님의 영상을 짧게 보고, 그 날의 미션을 해나갔다. 모든 미션이 자신에 대해 생각해보는 시간을 갖게 해서 하루하루 영상을 보고 미션을 할 때마다 나 자신의 변화를 느꼈다. 시작해 보기 전엔 '내가 15일을 꼼꼼히 챙겨서 참여할 수 있을까?' 라는 생각을 했는데, 그 생각이 무색해질 정도로 정말 열심히 참여하여 하루도 빠짐없이 프로젝트를 완성해나갔다.

처음 시작하고 이후 동아리에서 이 책을 한 번 더 낭독하는 시간을 가졌다. 그때는 자기 행동 계약서를 작성하여 그날안 밤 12시까지 미션을 수행하지 않을 경우에 대한 자기벌칙을 정했다. 나는 "만약 위반할 경우 공부 1시간 더하기로 더블로 가기"라는 벌칙을 만들었다. 말을 하고 벌칙까지 넣으니 해야 하는 이유가 더 강하게 실어졌다.

　당시 1515챌린지인 15일동안의 인증 미션을 하면서 적었던 내용을 소개해 본다. 1번은 책에서 인상적인 문구, 2번은 책 속에 나온 질문과 대답, 3번은 느낀 점을 적어 패들렛에 인증하는 미션인데 스스로도 이렇게 하루도 빠지지 않고 했다는 점에서 칭찬을 해주고 싶다.

[1일차: 자기규정]

1. 그게 문제예요, 양계장 울타리가 저 밖이 아니라 여러분 몸속에 있어요. 머릿속에요!
2. 지금까지의 나 자신은 무엇이든 미루고 생각하지 않는 사람이었다. 지금부터 나는 이 머리로 생각하고 행동하는 사람이다.
3. 문제와 해결책을 '외부'에서 찾지 말고 내 안에서 스스로 찾는 사람이 되어야겠다.

[2일차: 이유찾기]

1. 사람들은 원하는 일을 할 수 없는 수 천가지 이유를 찾지만 정작 그들에게 그 일을 할 수 있는 딱 한 가지 이유만 있으면 된다.
2. 내가 스스로 내 할 일 찾아서 하기, 미루지 말고, 잊지 말고, 내가 생각하고 챙기는 습관을 기르기만 해도 내 일상은 달라질 것이다.
3. 아침에 엄마랑 같이 영상을 보고 같은 생각을 했는데 나와 엄마가 같은 문구를 골랐다. 원래 이렇게 잘 통했나? 생각했다. 문구는 내 잘못된 습관을 덮으려는 나의 모습 같아서 고르게 되었다.

[3일차: 인생목표]

1. 목표를 설정할 때 성공은 이미 시작된다. 목표를 설정하는 순간 스위치가 켜지고 물이 흐르기 시작하고 성취하려는 힘은 현실이 된다.
2. 내가 나중에 시간적 여유가 되면 내가 구성해둔 소설을 다른 사람들에게도 모여주고 싶다.
3. 이제 내가 열심히만 하면 되지 않을까...?

[4일차: 목적의식]

1. 장애물이란 당신이 목표에서 눈을 뗐을 때 나타나는 것이다.

2. 음... 하고 싶은건 많은데 정말 꼭 이루고 싶은 목표라고 하면
   아마 올백이 아닐까 싶다. 이게 정말 가능할지는 모르겠고 조금씩
   내게 변화를 일으켰을 땐 가능할 것 같다.

3. 나는 1번의 저 명언이 너무 맘에 든다. 내가 지금 길을 걷고있다고
   생각해보자. 앞을 똑바로 걸으면 길가에 있는 가만히 있는 나무에
   머리를 박을 일은 없다. 하지만 만약 스마트폰을 하고 있었다고 해
   보자. 그럼 내가 폰에 집중하는 사이 나무랑 입맞춤을 할 지도
   모른다. 이렇게 내가 하려는 길만 바라보고 걸어도 장애물은 없을텐데
   라는 생각이 맴돌았다. 오늘부터 목표를 잡고 그 길을 항상 바라
   봐야겠다!

[5일차: 역산계획]

1. 우리 사회에서 가장 성공한 사람은 10면, 20년 후의 미래를
   생각하는 장기적인 전망을 가진 사람들이었다.

2. 내가 달성시키고 싶은 목표는 내 늦잠자는 습관 아침형 인간으로
   변화시키기이다. 9월 안에 7시에 일어나는 걸 목표로 두고, 8월
   안에는 7시 15분, 9월 초에 7시 5분 정도로 나아가고 싶다.

3. 요즘 그래도 꽤 일찍 일어나고 있기는 한데 7시까지 가능할까
   생각해본다...

[6일차: 파생효과]

1. 초기의 극히 사소한 차이가 방정식을 돌면서 점차 증폭되어 걷잡을 수 없는 결과를 만들어내기 때문이다.

2. 나는 항상 손톱이 물려 뜯겨 있다. 그래서 항상 보기도 좋지 않고 생활해서 불편함이 없지 않아 있었다. 나는 손톱을 뜯는 습관을 고치고 싶다. 실제로 나는 최근 일주일 간 물어뜯지 않으려고 노력했으며, 그 결과로 손톱이 자라는걸 보고 있다.

3. 항상 패들릿에 글을 올릴 때 항상 생각하지만, 이게 가능할까 생각하면서도 가능했으면 좋겠다. 그날까지 파이팅!

[7일차: 목표분할]

1. 모든 위대한 일은 작은 시작에서 출발한다!

2. 계획을 세워 두었었지만 엄두가 나는 것이라고는 따로 없다. 생활에서 늘 엄두가 나는 것은 친구들한테 다가가는 것. 누군가한테 적극적으로 다가가는 편도 아니고, 우리 반이 모두가 어울리는 반이 아니기도 해서 늘 머뭇거릴 때가 있다. 당연히 내가 먼저 밟아야 하는 단계는 인사하기가 아닐까?

3. 사실 저렇게 엄두가 난다고 말하긴 하지만 내 학교생활에 딱히 지장을 미친다고 생각하진 않는다. 그래도 같이 지내면 좋으니까! 노력이 큰 발전을 가져다주지 않을까?

[8일차: 즉시실천]

1. 실패하고 불행한 사람은 '내일' 하겠다고 말하고 성공하고 행복한 사람은 '오늘' 실천한다

2. 정리정돈!! 항상 귀찮다고 미룬다...

3. 아니 왜 정리정돈을 안하고 살지

지금은 괜찮지만 평소 방을 둘러볼 때 늘 어질어질했다. 언제 이걸 다 치우지... 이건 왜 이러지? 하고.

앞으로 내 방을 볼 때마다 기분이 좋아질 수 있도록 정리정돈을 꼼꼼히 해야겠다고 다짐했다.

[9일차: 실험정신]

1. 한 번도 실수를 해보지 않은 사람은 한 번도 새로운 것을 시도한 적이 없는 사람이다!

2. 지금까지는 여러모로 습관들이 엉망진창이었고, 하나에 집중하지 못하는 삶이었다. 습관 때문이니까 당연히 내가 노력해서 습관을 바꾸어야 한다. 내가 하는 일 하나하나에 신경쓰고, 바꾸려고 노력 해야겠다. 내가 만약 정말 이 습관들을 고친다면 지금보다 더 빛날 수 있을 것이다.

3. '저런 이야기 하나 쓰면 너무 행복할 것 같은데' 하는 생각이 든다. 그래도 벌써 1515 프로젝트를 하면서 '오! 가능성있어!' 이렇게 생각하면 딱히 어려운 목표도 아니라서 실천가능성이 있을것도 같아요.

[10일차: 백업플랜]

1. 새해가 된다고 슈퍼맨이 되는 것도 아닌데 많은 사람들이 새해 결심을 한다

2. 부지런해지기 위해 일찍 일어나기
   액션플랜: 알람 소리가 싫어도 내게서 알람을 거부하지 않기
   돌발사태: 전날 사정이 있어 늦게 일어날 수 있음
   백업플랜: 늦게라도 일어나되, 서둘러 움직이기

3. 알람 소리 들으면 깜짝 놀라는데 이게 너무 싫어서 부모님이 깨워주실때까지 버티다가 그래도 스스로 일어나는 것도 노력해야지... 하고 목표 정했어요... 살려주세요.

[11일차: 상황통제]

1. 자기통제의 달인들은 자기통제를 하지 않는다. 대신 환경을 통제한다!

2. 내가 숙제를 끝내고 나 자신에게 줄 보상을 준비하기
   보상을 위해서라도 열심히 끝내도록 하자

3. 11일차 되니 쓸게 없는건 안비밀
   숙제... 내 할일임에도 불구하고 미루다보면 이미 시간은 흐르고 있었다고 한다…

[12일차: 공개선언]

1. 일단 공언하면 자신을 궁지로 몰아넣게 되고 강한 책임감을 느끼게 되어 실천할 수 밖에 없기 때문이다.

2. 위 명언은 매우 좋은 말이지만, 내 경험상 너무 과하게 말하면 지키지 못하는 사람이 된다. 내가 '노력'해서 이룰 수 있을 시험 평균 90 이상을 노려보겠다.

3. 오늘은 조금 가벼웠다. 내가 해본 적 없는 목표라서 그런지 조금 두렵기도 하지만, 그래도 가능성이 보여 약간의? 기대감을 가지게 된다.

[13일차: 데드라인]

1. 99%의 보통 사람들은 언제까지 이 일을 끝내겠다는 '종료 데드라인' 만을 가지고 있다!

2. 시험이 10월 5일이니까 하루 전을 종료 데드라인으로, 개시 데드라인은 지금부터! 성적을 높이기 위한 데드라인이다!

3. 종료 데드라인은 생각해 봤어도 개시 데드라인은 생각해 본 적이 없었다. 그런데 개시 데드라인 쓰면서 생각했지만 그냥 바로 시작해도 되는게 아닐까...?

[14일차: 한계돌파]

1. 99°C에 멈추느냐! 100°C를 넘기느냐! 그 1°의 차이가 성패를 결정한다!

2. 공부를 열심히 해서 성취감을 충분히 받는 것이 내 목표이다. 몇 점이냐에 너무 신경쓰지 않고 내가 충분히 만족하고 싶다. 먼저, 수업을 열심히 들어야 한다. 그리고 그에 따른 공부를 추가로 해야 할 것이다.

3. 처음에 영상을 들으면서 임계점이라는 단어가 어떤 의미인지 몰랐다. 한계점 비슷하게 생각하면서 썼다. 솔직히 임계점까지 도달하는게 그리 쉽게 보이진 않지만 그래도 도전해보기로 했다.

[15일차: 자기격려]

1. 우리가 필요할 때 우리를 격려해줄 가장 확실한 사람은 바로 우리 자신이다.

2. 내일 원격이잖아! 좋지 않아?? 오늘 힘들었던 일 잊고 내일 일어날 일을 생각해봐! 너는 지금 힘들어할 필요가 없어. 내일 올 행복을 누려줘

3. 벌써 1515프로젝트 마지막 날이네요. 길다고 생각했던 15일이 너무 빨리 지나가 버렸어요... 15일 동안 생각보다 많이 변화가 일어나서 저 자신도 놀랐어요. 이런 제가 계속 발전해나갔으면 해요.

1515챌린지를 15일간 2학기 시작하자마자 일주일 후 정도에 시작했는데 그때 내가 적었던 내용들을 다시 회고해 보았다. 한 번하고 동아리에서 또 한 번 했는데, 지나서면 다시 잊혀지고 하기 때문에 내가 쓴 내용을 다시 한 번 읽고, 반복적으로 살피고 수정하고 보완해서 앞으로의 삶에 더 윤기나게 살기 위해서 내가 적었던 대로 실천하도록 노력해야겠다.

동아리 활동을 하면서 쓴 공저 책인데 처음이다 보니 어떻게 책을 써야 하나 고민도 많이 했는데 함께 하고 동아리 선생님의 코칭이 들어가니 여기까지 온 것 같다. 중학교 2학년 생활을 마무리하면서 이렇게 책쓰기에 동참하는 것도 의미있는 일이란 생각이 든다. 시간은 조금 걸렸지만 1515챌린지를 하면서 스스로에게 칭찬, 격려의 말을 다시 한번 적고 마무리하고자 한다. 내 글에 대해 동아리 선생님이 댓글 달아주신 것도 공유해본다.

👤 익명 5개월

20428한지민

1. 우리가 필요할 때 우리를 격려해줄 가장 확실한 사람은 버로 우리 자신이다.

2. 내일 원격이잖아! 좋지 않아?? 오늘 힘들었던 일 잊고 내일 일어날 일을 생각해봐! 너는 지금 힘들어할 필요가 없어. 내일 을 행복을 누려줘😶😶

3. 벌써 1515프로젝트 마지막 날이네요😶 길다고 생각했던 15일이 너무 빨리 지나가버렸어요... 15일동안 생각보다 많이 변화가 일어나서 저 자신도 놀랐어요😶 이런 제가 계속 발전해나갔으면 해요

👤 김미숙 5개월

지민이가 쓴 소감문을 읽으면서 감동이 여기까지 느껴지네요. '15일동안 생각보다 많은 변화가 일어나서 놀랐다는 말.; 우리는 늘 한쪽만 바라보고 있고 눈에 보이는 것이 단인양 살아가고있는 것 같아요. 선생님도 돌이켜보니, 학창시절의 어린 내면아이가 있었는데 그때는 큰 그림을 보지 못하고, 당장의 학업, 시험 등만 바라보고 숲을 바라보지 못한 거 같아요. 그런데 이 책에서도 나오지만, 나의 긴 인생 여정이라는 로드맵을 그려보기도 하고, 또 내가 돌파해야할 한계점도 생각하게 하잖아요. 또한 미래의 나가 현재의 나를 다독여주는 것까지 건드려주잖아요. 10대의 내가 그랬었더라면 어땠을까? 하는 생각을 해봐요. 이제 중학교 2학년이지만, 미래를 꿈꾸고 계획하고, 연결시키고 있는 지민이의 모습을 보니 앞으로 얼마나 ㄷ 훌륭한 일을 해낼지 상상이 안가네요. 시작은 미약했지만, 끝은 창대하리라. 우리가 꿈꾸는 이상이잖아요. 지금 당장이라는 즉시실천의 정신으로 꼭 여기 있는 것을 명심하고 하나씩 하나씩 목표를 분할해서 실행해가길 바래요. 지민이 15일간 너무 수고 많았어요. 옆칸 피드백 소감도 적어주세요.

👤 댓글 추가

에필로그

   3년간의 자율동아리 지도교사를 하면서 한가지 뿌듯하고 잘 한 것이 있다면 학생들과의 공저 책 시리즈 3번째에 도전한다는 것이다. 그동안 했었던 활동을 되돌아보니, 꽃길만 걸었던 것은 아니었다. 우여곡절 아침 시간 허둥지둥했던 모습들도 기억난다. 아침 일찍 줌(Zoom)으로 책을 읽는데, 방장이다 보니 줌을 열어줘야 한다. 어떨 때는 집에 일이 있어 허겁지겁 나갈 때도 있었다. 4층까지 갈 시간이 부족하면 1층의 교직원 식당에서 줌을 키고 학생들과 독서모임을 짧게 나누기도 했다.

   또 늦게 나올 때는 미리 줌을 휴대폰으로 열어주고 학생들에게 먼저 진행해달라고 하고 자동차에서 학생들이 책을 읽고 의견을 나누는 소리를 들으면서 거의 끝나갈 무렵 학교 도착해서 마무리 멘트를 하기도 했다. 아침 등교 시간 전에 하는 동아리 활동이다 보니, 중간에 미리 퇴장하는 학생들도 있어서 마지막에는 몇 명만 남아 있기도 한 적도 있었다. 그렇지만, 그럼에도 불구하고 3년이란 시간을 이어올 수 있는 동력이 된 것은 학생들의 자발적인 의지와 본인의 포기하고 싶지 않는 신념이 있었기 때문이다

안녕, 나의 십대

반가워, 나의 세상

이 책의 제목을 고르는데도 학생들과 여러 번 상의를 하고 수정한 끝에 지은 제목이다. 모두가 십대, 그렇지만, 세상과 함께 어울려 살아가려는 손짓이 용기가 되어 또 다른 손짓을 반기고 있다. 동아리 학생들 모두가 공저 책 쓰는 일에 참여하지 않았지만, 처음 희망한 학생들 11명 모두를 공저 이름으로 등록할 수 있게 되어 너무 감사하고 뿌듯하다.

공저 2번째 책인 '십대들이 들려주는 변화를 위한 도전'에서는 6명의 학생들이 필자와 함께 공저 책을 썼다. 하지만, 이번 공저 3번째 책은 처음 신청한 인원과 똑같다. 중간에 포기하고 싶었기도 했을 테고, 겨울방학이 있어서 다른 계획으로 마무리가 안 되었을 수도 있었다. 하지만, 포기하지 않고 함께 길을 내고 세상과 인사할 수 있어서 다행이란 생각이 든다.

본인도 현재 있는 학교에서 떠나 다른 곳으로 부임을 받은 상태에서 퇴고를 하고 있다. 그렇지만, 정호승 시인의 '봄길'에서처럼 길이 끝나는 곳에도 길은 있다.

봄 길 (정호승 시인)

길이 끝나는 곳에도 길이 있다.

길이 끝나는 곳에서도 길이 되는 사람이 있다.

스스로 봄길이 되어 끝없이 걸어가는 사람이 있다.

강물은 흐르다가 멈추고 새들은 날아가 돌아오지 않고

하늘과 땅 사이에 모든 꽃잎은 흩어져도

보라

사랑이 끝난 곳에서도 사랑으로 남는 사람이 있다.

스스로 사랑이 되어 한없이 봄 길을 걸어가는 사람이 있다.

　길의 한 모퉁이에서 또 다른 길을 예비하고 있을 십대들을 위해 이 책을 권한다. 여기에 참여한 11명의 학생들은 오늘도 묵묵히 자신의 길을 걷고 있을 것이다. 이미 중학교 졸업하고 고등학교로 배정받아 학교의 교정을 떠난 친구들도 있다. 또 중학교 2학년, 3학년으로 진급하는 학생들도 있다. 이들 역시 중학교라는 울타리는 벗어갈 날이 있을 것이다. 그렇지만, 세상과 인사하고 십대의 길을 멋지게 펼칠 멋진 학생들의 모습을 상상하며 이 글을 마친다. 그동안 너무 고마웠어. 글로벌 심층독서반 친구들! 아듀(ADIEU) 산본중!

　　　　외국어공감학생동아리 글로벌 심층독서반 담당교사 김미숙

김미숙 선생님은 변화와 도전을 두려워하지 않는 당찬 선생님이시다.
이번에도 선생님은 어김없이 학생들과 공간을 초월한 독서를 하고,
대만의 학생들과의 배움의 장도 마련하였다.
이 학생들의 행복한 경험을 함께 공유하였으면 한다.

연천교육지원청 장학사 천은영

우리는 어떻게 성장하는가.
뒷걸음쳤던 경험을 만회할 수 있는 기회를 붙잡고
뚜벅뚜벅 꼬물꼬물 걸어가는 것.
이 책의 십대 저자들은 서로의 삶을 응원하고 보태고
연대하면서 누구보다 성장했다.
회를 거듭할수록 더 아름다워지는 그들의 모습은
이 책을 읽는 모든 사람들에게 살아 숨쉬는 영감이 될 것이다.

부곡중앙중학교 교사 오윤아

가느다란 샘줄기에서 맑고 깨끗한 물이 끊임없이 샘솟는 것처럼
동아리 친구들의 말간 이야기는 계속 이어질것이라 기대합니다.
아이들의 끊임없는 도전과 샘물이 마르지 않도록 터를 잡아주시고
다져주시는 김미숙 선생님의 열정에 박수를 보냅니다.

도장중학교 영어교사 임은희